红尘心旅

Hong Chen Xin Lü

孙一寒／著

天津出版传媒集团
天津人民出版社

图书在版编目（CIP）数据

红尘心旅 / 孙一寒著. -- 天津 : 天津人民出版社，2020.1（2021.9 重印）
ISBN 978-7-201-15210-3

Ⅰ. ①红… Ⅱ. ①孙… Ⅲ. ①散文集－中国－当代②短篇小说－小说集－中国－当代 Ⅳ. ① I217.2

中国版本图书馆 CIP 数据核字 (2019) 第 193377 号

红尘心旅

HONGCHEN XINLÜ

出　　版　天津人民出版社
出 版 人　刘　庆
地　　址　天津市和平区西康路 35 号康岳大厦
邮政编码　300051
网　　址　http://www.tjrmcbs.com
电子邮箱　reader@tjrmcbs.com

责任编辑　张潇文

特约编辑　李　路　何沁泉
排版设计　百川嘉汇

制版印刷　合肥市星光印务有限责任公司
经　　销　新华书店
开　　本　660×960 毫米　1/16
印　　张　14.25
字　　数　182 千字
版次印次　2020 年 1 月第 1 版　2021 年 9 月第 2 次印刷
定　　价　59.80 元

目　录

第一编　睹物幽思

青石板下的小草……003
为自己的选择活着……005
寄给远方一份好心情……006
春风又绿窗前树……008
登高山方知心胸窄……010
山坡突然冒出来的一棵大树……012
流浪猫不再捕捉虫了……014
跳　坑……016
“北京地区严重缺水”……017
北山有一座公园……019
三条毛巾的启示……021
影　子……022
我爱南疆攀枝花……024
校园的那棵白杨树……026

第二编　翰林痴语

谁败坏了诗……031
为什么放弃了格律诗的写作？……032
小说是一道推导人生思想的方程式……034
有“我”无“我”对美感的影响……036
读画产生的遗憾……042
曹雪芹的藏书……046
五香干豆腐……048
宋仁宗因缺母乳啼哭……050
见解不同是因为看事物的标准不同……053
从读《中国太监传》侃起……054

第三编　人海收网

除掉“地头蛇”……059
吓“活”淫妇……063
制服“死不怕”……066
砸扁“铁老大”……070
茶馆牛皮匠……073
羊　倌……075
到底谁是精神病……078
抓　赌……080

我陪讨饭花子喝酒……081
副县长多吃最后一只虾的理由……083
我认识三个有钱人的结局……085
男人进了女厕所……087
为弟取档案的姐姐……088
巧选乡长……090
选模范……092
主人夺下客人的酒瓶子……094
借为别人说情之机泄愤……096
请别打扰我的梦……098
吹笛的下岗工人……101
农家乐饭店……103
把噪音转化成美好的乐曲……105
邻居朱老三……106
逃离干部推荐会……109
股长要当优秀党员……110
条件养成了习惯……111
替罪羊……112
在山下望山顶上的人……114
开一个小店收藏良心……116
儿子来电话了……119
云烟藏彩虹……121
非典中，儿子坚定地留在北京……125
遥远的记忆……127

妻子的鼾声……131
一日夫妻百日恩……133
男儿四方是故乡……139
饿一饿生活中的阿Q……141
出书不敢让人看……143
找“枪口”撞的作者……146
小城诗人……148
两个作者争一个笔名……151
国画家梁冠山痴心作画……154

第四编　岁月留痕

童心犹如一片净土……159
王大奶……163
两个小土豆……167
迁　居……170
两个黏豆包……173
大坑·古井·地平线……175
野孩子……178
乡下的启蒙……180
苦杏树……183
姥姥的女婿……185
孩子王……188
盼望长大……191

我的第一幢启蒙小学校……193
同桌的女孩儿……195
我的启蒙老师……199
死在爸爸手下的猪羔……205
西山下的鬼屋……207
苦闷的少年心……209
学习“骗人”……213
少年武工队……216
抢毛主席纪念章……218
少年时代伤害的女孩儿……221
公社书记的儿子……224
我是父母放飞的风筝……228

第一编　睹物幽思

景物潜藏着默示，白云、小草、流水、甚至地上的一只小小的蚂蚁都在以不同的方式向我们说话，令我们睹物生思。

青石板下的小草

我坐在山坡上，不知为什么，突然想挪开屁股底下的一块青石，挪开后，只见石板下有一堆萌芽的小草，细长细长，我却叫不出它的名。大地上的鲜花和野草早已是满山遍野了，可它却是一副苍白、嫩黄、细弱的身躯。假如它生长在原野上，此时也该吐绿叶了，随之开花，结果，当秋天的风吹来的日子，种子会随风飘走，也许会飘到我的家乡。或许这小草的种子就是从我的家乡飘来的，就像我一样，从东北乘着时代的风来到祖国的南疆。

我把那压在小草上的青石板挪开了，小草啊，你自由了，生长吧，属于你的世界终会接纳你。

小草啊，你本该自由地生长，是这青石板剥夺了你自由生长的权力，纵然你心中蕴藏春色，有着对秋天的向往，也只能默默地留在无人知晓的青石板下。土地知道你的痛苦，安慰你，不然怎么会给你生长的恩惠；苍天知道你的委屈，不然为什么会让我无意中搬开这块青石，让你见到天日？如今你和所有的小草同样生长之时，你还多了一份引以为豪的青石板下的经历，有着因盼望带来希望的故事！

人也常有“在青石板”下生存的日子，但是，不要失望，不要惧怕，上帝连小草都眷念，难道我们不比小草更珍贵吗?

出人头地的日子总会有的，上帝让人有生活在“青石”下的日子，是为了使人懂得珍惜生命和时光，懂得自己不要成为别人的“青石板”。

为自己的选择活着

社会上的事不能总是用统一的标准来定论，有些事情你怎样理解都有道理，几乎没有唯一的标准。做事既然总有人议论，又何必顾及他人的褒贬呢？只要心里是正的，只管去做吧。不是有人早就说过：“走自己的路，让人去说吧。”想做的事就做吧，人活着不是为了别人的哪一句话活着，要为自己的选择而活着。

对生活，对事业，谁没有自己的爱，这爱也许是高尚的，也许是寻常的，这果实也许是甜的，也许是苦涩的，可是在没有收获果实之前，有的人，心往往早已经陶醉于那憧憬之中了，而有的人，其心因担心不能成功而忧虑。

人啊，能沉浸于对未来成功的想象中，会感到甜蜜，这就是成功，就是幸福。我愿把自己的心早早放入成功的喜乐中——去试想那大功告成的日子。这样，总比人为地制造痛苦要强得多。

寄给远方一份好心情

春节就要到了，我们将跨进新世纪，远方的朋友寄来了明信片，每枚明信片都让我想起一个故事，一段往事，一段岁月。

在那几枚明信片中，闪出一枚明信片，字体好眼熟，竟然是妻子寄给我的。明信片上画着一匹奔腾的骏马，骏马边上写着“旧世纪风雨同舟共甘苦，新时代携手并肩同吉祥”，祝我在事业上“一马当先”，“马到成功”。

我与妻子日夜厮守，朝出晚归也几乎形影不离，有什么话面对面的就可以表达。可是我收到她的明信片，却比当面对我说这话还格外高兴。这让我的心中萌生出美好的憧憬。

远方朋友的明信片让我忆起旧情旧景，心海荡漾起思念的浪花。朋友们在明信片上写着祝我“步步高升”。年富力强的时候，组织部门的彩球都没有落到我的身上，如今已经过了黄金季节，对那一切企盼，我的梦里都没有了。可是，友人的希望是一颗真诚的心啊，让我感动，让我愉快，让我欢喜。

一枚小小的明信片，像一轮有着幸福之光的太阳，创造出快乐的日子，快乐的心。

一枚小小的明信片，一元钱一张，倘若朋友们和我的妻子寄给我的是一元钱，它会给我一份好心情吗？在用金钱丈量价值的时代，金钱可以体现出友情和爱，而友情和爱却不是金钱所能包容的。

我品味着友情和爱，于是，我也放飞一只只载着我真挚的心的白鸽：它飞向城乡，飞向边疆，飞向天涯，飞向海角……

春风又绿窗前树

春去春来，它对城里住楼的人来说已经不那么敏感了：大棚把季节搞乱了。躲藏在楼中，冬暖夏凉，一年四季都可以看见绿树、绿草、绿色的蔬菜和开放的花，盼春、惜春的心淡了。

我的斗室在一楼，楼前有一块空地，几年前长了一棵小杏树，由于四季都可以在屋里养花草，寒冬我也可以看见青枝绿叶，春天来了，更是一派生机勃勃，可谓是什么景都有。一棵小树长在窗前，已引不起我对它的爱恋，拔掉它算了。儿子不让，他说没有小树招不来小鸟，他要这小树成为小鸟的家园。我珍惜孩子的童心，依了他。一晃儿子上大学离开了家，没人阻拦我拔树了，我却爱屋及乌，常常看着窗前的树，回忆与儿子在树下嬉戏的日子，也时不时和妻子在树下看看云，铲铲草，赏赏花果叶，对树的成长也敏感起来。

开春了，野外的绿色还没出现，我窗前的树就绿了。我伫立在树前想：这树，干也粗了，枝也壮了；年年落叶归根，年年的叶都让我烧了，它还从芽眼处冒出叶，叶子一年比一年大，一年比一年密实。它体内哪来的这么多取之不竭的物质呢？还能把叶长成绿的，花朵开成粉红色的，枝干又自成一色；春夏秋忙碌着生长，冬天就被冰封雪盖了，它在什么时候积蓄了次年的姿色呢？

我不懂植物学，相信植物学家会为我做出很好的解释，但我愿相信我的想象，我想：世上一切物质都是有生命的，只不过表现生命的方式不同而已，树木它也有着顽强的生命，它在严寒中沉默地积蓄着需要的一切，心中描绘着未来，以屈求伸地等候春的到来，当春风一起，它抓住机遇，伸枝放绿，以一种方兴未艾的势头生长起来。没有那寒冷、孤独、凋零的日子，也许就不会有这花美叶秀的时节……

窗前的杏树长出我的乐趣，也结出我的思索：人啊，要想有好的日子，就应首先拥有默默无闻的日子，虽然这样的日子很难捱，但从这样的日子里，从古至今走出了许多名人。

今年春风绿了窗前树，我收获了思索；明年春风再吹来的时候，我将会收获我思索的果实。

登高山方知心胸窄

我盼着有一天能登上天桥山。这是我儿时的梦。

昌图县城西三华里处有一座果园，果园由东西并列的两座土山构成。20世纪50年代前，山没名，地也没名，直到60年代初，县机关干部和中学生在这里修筑梯田，栽葡萄、桃、李和海棠树，这地方才有了果园的称谓。

我少年时代的家就居住在果园的山脚下，和小伙伴们看着东边的山像露出海面的半个太阳，西边的山像月牙，呈拥抱旭日之状。我们也不管三七二十一，另给这两座土山起了一个名字，称它们为“日月山”。

我们成帮结伙的孩子爱上这山了，采花、抓蝈蝈、割草、找鸟窝、捉迷藏、打毒蛇、攀树偷桃、下河逮青蛙，累了就四仰八叉地躺在山上晒太阳，数着天上的星和片片云朵，看着远方的景，你“说海比天大”，他嚷“地没山厚”，像山雀似的叽叽喳喳，说着傻话。

日月山使我们热爱大自然，热爱劳动，是孩提时代的乐园和理想的摇篮，它也像父母有力的双手，托举我们看到了远方。记得我第一次和大孩子登上山顶时，看见了车水马龙的哈大公路，看到了明如月的“八一湖”，看到了气势磅礴的长白山脉，和那鹤立鸡群的天桥山。我贪婪地盯着天桥山，立志有一天能攀上它的顶峰。

1995年的5月1日，文联举行笔会，我才有机缘和文朋诗友攀上了向往已久的天桥山。

辽北颇有名气的天桥山，高不高？山峰直插白云间，险不险？看一眼悬崖峭壁，心惊胆战。山顶上星星片片的映山红花初绽，野草刚发。山显得光秃秃，寻不到奇花异草和怪石。山的东边有一道悬崖，像一座从山顶砌向远天的石墙，有千米之长。这座山之所以叫“天桥山”，就是因这座石墙而得名的。

天桥山远没有我想象的美。秃山淡风，令人失望。其实，也怪不得山，人总是把不了解的东西想象得非常神秘或美好，又甘心地向往。要怪，只能怪我自己的无知。我坐在山顶仰望上空，俯视山下，左右环顾：天苍苍，野茫茫，巍峨的长白山脉从东北指向西南，像凝固的摩天大浪，看不见源头，望不见终点；天桥山西北方向的那生养我的县城，像一只小手指头般大的，爬不动的银白色毛毛虫，东西走向，伏在锅底一般的坑中，显得孤独、渺小、可怜、无奈，那里还寻得见我的日月山啊！

然而就是在那毛毛虫的身上，不知有多少人为名利所累，酿出许许多多的恩恩怨怨。尘世短暂，地久天长，为一己私欲争斗，实在是无聊之极……

红日当空，我下得山来，顿觉心宽路宽。

山坡突然冒出来的一棵大树

这树从前就长在这里，可是却没有人看见过它，这是为什么呢?

山坡原来是一些杂乱无章的民房，这些民房都是20世纪七八十年代的建筑，当年，县城里没有国营和开发商建造的住宅楼，就是建了，也没有几个人住得起。

大家八仙过海各显其能，在乱山坡上和地头地脑批地皮盖房子，这山坡上乱七八糟地盖了许多不规范的民宅。这些民宅，开始时还家家有园子，种菜和栽树，后来，家家开始扩建，说扩建，也就是在有限的面积内增加新的建筑，在正房子前建小房，或左或右接耳房，再建东西厢房，有的人家的门房上再起门房，建成了袖珍楼。家家的建筑把院子的阳光都挡住了。也许有人问，建那么多房子干啥?那时是计划经济时期，孩子大了若不上大学，高中毕业就在本地参加工作，住在父母身边，成家立业，没有房子怎么行呢?有的人家自己够住了，建房子出租。所以这山坡下沿着山道一片民宅，层层叠叠，既不规范，也不雅观。

随着经济的发展，县城里开发商建的商品楼如雨后春笋。美化城市，改造棚户区，这片当年沿山坡的民宅被拆毁了，政府投资在这里建了公园，开了健身活动广场。这棵突然冒出的大树也从民宅中脱颖而出。

这是一棵海棠树，树干大约需要两个幼儿园的孩子方能搂得过来，它长得笔直，树冠如云。它被保留下来，亭亭地立在健身广场上。

这棵海棠树为什么会长得这样标准呢？它锁在深深的庭院，四面是建筑物，它不必顺从东风，也不必顺从西风；又因建筑物的遮挡，它必须挺着脖子往上长才能看见太阳，所以它才有这样笔直的身躯。民宅的卫生环境不好，附近连一个公厕也没有，家家又没有田园可耕，人粪便全都成了它的专利。这一棵在委屈环境中成长的树，竟然因祸得福。如今它成了健身广场的一处独特的风景，吸引着人们来到它的树荫下。

一棵默默成长起来的大树，在开发城市的日子得以保留下来，是因为它自身的素质。一个人如果能像一棵树一样，能够忍耐、等候、丰满自己，也必会有显露的日子。怕只怕因抱怨环境而忽视了当成长的日子。

流浪猫不再捕捉虫了

开发城镇，动迁户迁走了，许多猫不知是主人不要了，还是它们不想去新的住所，竟成了无家可归的流浪猫，散在街头巷尾。

有一天，我抓到一只小黄猫。我给它买了一根香肠，它吃完之后，我想，它离开我不照样有上顿没下顿吗？给它找一个主人吧。我问了十多个人，结果谁也不要它。有的人说现在的猫不抓耗子了；有的说嫌它脏；也有的说有老鼠就买老鼠药，用不着养猫了。一只可爱的小黄猫就是没有人要，我索性坐在城区街路边的一个食杂店门口，对所有进来的小孩子说要送他这只猫，他们一个个摇头，但是心诚则灵，终于有一个农村进城的小朋友，和他的妈妈进食杂店，看到我怀里的小黄猫，嚷着让妈妈留下这只小黄猫。就这样，小黄猫被这位小朋友带到乡下去了。

不久，我们小区的院落里突然又冒出来一只小黑猫，它白天不知藏在哪里，晚上就蹲在院里的灯下捉小虫吃。后来它被我抓到手，我给它寻了一个喜欢猫的小朋友。可是不久，不知小区里又有了三只小猫，没过多久又进来大小各异的四只猫，个个可爱。它们天天白天躺在院里晒太阳，见了生人也不害怕，还往人前凑，跟着人喵喵叫，晚上在院里的灯下捕捉小虫子吃。大家喜爱它们，但就是没有人肯把小猫领进家门。人们把家中的食物带给它们，有的还给放了饮水的盒子，供它们饮水。

每天都有人给小猫送好吃的食物，所以到了晚上竟然再也看不见它们捕捉小虫子了。小猫都长得很快，没过多久，一个个成了大猫。院里灯下的那丛树中，成了七只猫的乐园，可是遗憾的是，它们个个成了懒猫。灯亮了，它们也不抓虫子了，任蝼虫在灯光下乱飞乱爬。它们呢，或你追我赶闹着玩，或是吃得很饱的样子，鼓着大肚子躺在地上甩着尾巴，敲打着地面。人们的食物把它们养懒了。

逢阴雨天，人们进出院少了，没有人给它们送食物，它们很少吃到东西。一天，我进院就看到一只猫，饿得在吃青草，它边吃边望着我，很可怜的样子，还一边喵喵地叫着……

我这时突然没有了同情心，我并没有给它食物，我想再给它食物就是害它了，它应该反思反思了。流浪猫因满足人送来的食物，放弃了捕食的本领，可能都忘记了虫子是它们的食物，失去了自立的本能，一旦离开人的施舍，就缺食少水了，丧失了捕食的本领……

优厚的生活条件固然是好事，但若不是自己开创的，而是依赖人的一时施舍，恐怕就是坏事；生命中总有一道题需要自己来答，总有一段路需要自己来走，谁都躲不过去……

跳　坑

月上枝头，翻阅史书。先贤说：开卷有益。后人几乎都能从史书的人物中找到自己做人的样板。我看了许多古人传给后人的书，看多了就觉得应该向那些人学习，振奋起精神，也有一番创举，不负前人著书的一片苦心。可谁知，书却越读越发感到望而却步，自叹“我不是那块料”。而手中这本《宋史》中记载的天生跳高的故事，让我的心为之一动。

那故事说：古时有一个叫天生的少年，有一天和小伙伴们玩，比赛跳远，跳一个直径二米多长的大坑，其他人纷纷跳了过去，唯有天生一次次摔在坑中，跳不过去。大家嘲笑他。天生恨自己，他从坑里爬起来，找来利器，并把许多这样的利器的尖朝上插进坑中，然后唤小伙伴们跳。小伙伴们看到这种状况，谁也不敢再跳了，而他却一跃而过，并且反复跳了多次，人人为之叹服。

同一个天生跳同一个坑，先前和后来的结果竟不一样，原因不言自明。不必说他身边的那群小伙伴叹服，就我这个晚生于天生几千年的人也叹服得汗颜。

我想：我一事无成的原因，不是“我不是那块料啊！”而是我没有像天生那样为自己插一坑利器啊！

“北京地区严重缺水”

我当年到北京，在公共场所的水池边（当时还不是感应的水龙头），看到“北京区地严重缺水”这样一条标语。红纸白字，非常醒目地张贴在自来水龙头的上方。你用水却没人看着你的用水量，水龙头也没有限制阀什么的，只要打开就有充足的流水。可是看到这条标语，看到这水量，用水时就不忍心浪费一滴水。因为透过这标语和水量，大家都知道了首都人民吃水的艰难，懂得了首都人民为招待远方的客人咬牙做出的奉献，仿佛听到他们对肆意浪费水的人无奈地哀告。这唤来了每一位用水的外地人的同情心。

我想，如果那条标语的位置上写的不是这些，而是“严禁浪费水”或“浪费水罚款”等生硬的强制性的命令语言，那会如何呢？也许没人浪费水，原因是怕被人抓住受处理；若是没人看着，恐怕是洗完手连水龙头都不会关的。

标语口号的目的是打动人的心，即使不唤起人的怜悯心，也要给人以警示，这样才能起到它的作用。

一次，在一个重新启动生产的工厂门前，我看到一副醒目的大方块字，高高地悬挂在办公楼的顶上：“今天工作不努力，明天努力找工作！”每个进出工厂的职工看着这似平淡，实际却蕴藏哲理的大字，心中该涌起多少辛酸，多少感慨啊，只要想到这几个字，“珍惜工作，努力工作”的叮咛，对他们再说都是多余的了。

在我们家乡一个县政府的灰色的办公大楼的顶峰，也悬挂着一幅豪言壮语，那每个字足有一人高，写着“强县富民”。看到这幅标语，人们似乎也就看到了公仆们的志向、决心，不过总觉得若把那口号倒过来，改写成“民富县强”好一些，因为前者有些声嘶力竭，且公仆们有充当救世主之嫌，缺少自知之明。变过来好在哪里呢？好在其中蕴藏了哲理，使他们记住“民富了县才会强”。

北山有一座公园

我居住的是一座小城，小城没有辉煌的历史。20世纪60年代初，县政府迁到这里，一处本是狼窜兔藏的荒凉地方，人开始旺起来了，工厂建起来了，学校建起来了，蔬菜队也诞生了，市场也自然地发展起来了，民房围着县政府多起来了，乡下人开始管这里叫作“城”了。然而，这小城里的人总觉得还缺点城里该有的什么，终于，20世纪80年代初，在县政府北侧的山上，由各界捐款建成了一座公园，四周虽然没有圈墙，但却在山脚下立起一座仿古式山门，远看像天安门城楼，并请国家一位著名书法家在大门脸上书写了园名，从山脚下修起水泥台阶，台阶直达山头；山上修起三座凉亭；围着这山门和凉亭，种异草，栽花树，铺甬路，修人造湖，秋去树挂霜花，春来彩云铺地；站在山顶可尽览小城风光；极目远望，天高云淡，从县内通过的长白山脉尽收眼底。真如古人所言，登高望远，心旷神怡，大有先天下之忧而忧，后天下之乐而乐之感，公园成了小城人茶余饭后的好去处。

一天凌晨，山下警笛骤然响起，几辆警车横在山门口，反贪局的人从山上把一名小城里霸主一样的官员扣上手铐，押上警车。晨练的人们交头接耳，顿时满城风雨。没过多久，公园又恢复了美丽与祥和、动与静交织的景态，人们似早已忘了那一幕。练歌的、跳舞的、谈恋爱的、打扑克的、悠闲晒太阳的、领着小孙子扑蝴蝶的，俨然是一幅小城凝缩的幸福图景。

没平静多久，一个星期天的晌午，突然从公园里跑出来一名少妇，她边跑边大呼，说有人抢了她的钱包。镇静的人掏出手机报了警，警察来了狂搜一阵，愣没看见抢劫的人影儿。

从那以后，我一上山，看着眼前的人，我就猜测：这个人是好人呢，还是坏人？他会不会是正在被警察追捕的逃犯？或者他一会儿会不会做个什么案？

人，把一处荒山建成美好的公园容易，但是把心灵建设成公园般的美好不易！且有人压根就没有想让心灵成为美好。公园尚藏污纳垢，那社会上美好的言谈举止，那庄重的外表，那高尚的职务，那严肃的场合，谁敢说没有罪恶在悄悄地蔓延呢！否则，公园里哪来如此这般？！

我虽然依旧常常光顾这座公园，但是却有了愤慨，有了幽怨，有了失望。

春季的一天，一位招商引资来的南方种花者来投资，在山上的公园中建起一座花的苗圃，他的花开了，他的橘子树开花了，他的芙蓉树开花了，南北花交相辉映。看花的人流连忘返。公园比先前更美了。

我挤在人群中，突然有所悟：发生的那一幕幕，并没有影响公园越发美丽啊！个别人的罪恶是无法打击生活的美好的，也阻碍不了社会向文明的进化。

于是，我突然产生了一颗信心，对生活充满了爱。

三条毛巾的启示

我家的洗漱间挂着三条毛巾，一条是雪白的新毛巾，一条是用过的旧的花毛巾，还有一条曾经是毛巾，现在做了抹布。

我每次从室外归来，都要到洗手间洗手，然后走到挂着三条毛巾的地方摘毛巾擦手。这时，我总是摘下那条旧的毛巾来用；遇到手脏而又来不及洗的时候，我就摘下那条抹布来擦手。那条雪白的毛巾很少被我用，因为它太白了，我试过几回，洗过的脸和手用它来擦拭后，白毛巾上总是留下一些痕迹，不及时洗掉，下次再洗就不容易了，还会招来妻子的指责。所以我干脆就不用它擦手和擦脸了。结果，它一直很洁净，渐渐地，它好像失去了它应有的作用。

一天，我看着这三条毛巾，突然想到人，想到社会，想到工作岗位上的一些事。一个人如果太纯洁了，不也和这雪白的毛巾一样吗？

如果你不想同流合污的话，那么你还会因那些污秽者不接近你而抱怨什么呢？毛巾不论多白洁，总是要用的；而人，却不应该为了迎合别人，而甘心自污。

影　子

中学时代读过一本译著，书名叫作《影子》。

书中的主人有一个好朋友，名字叫影子。影子和主人寸步不离，人们只要远远地看见了影子，也就知道了影子所陪伴的人。影子对主人信誓旦旦地说："无论你走到哪里，我都要与你同在，有难同当，有苦同尝。"影子果然没有撒谎，于是赢得了主人的信任。

有一天，主人到了赤道，却怎么也找不到影子了，当他离开那里，影子又出现在身边，主人问影子为什么不见了，影子说："赤道的太阳太热，我实在受不了。"一天灭了灯，主人失眠，想找影子聊聊天，又找不到影子了。他点上灯，影子才出现在面前。主人生气地问："这工夫你又跑哪去了？"影子说："夜里没有灯光的时候，我实在是太怕了。"主人叹了一口气，影子觉得不妙，说："以后，哪怕上刀山下火海，我也与你同在。"主人说："算了，你分明知道刀山火海我都怕呢，哪里还有用你陪伴的份……"

谁听了这个故事，恐怕都会认为影子不够朋友，说他是一个口是心非的人。我当年看了这本书也是这样的观点，现在才开始反思。

生活中常常听到有朋友抱怨别人，我就想，朋友是一个人的影子，朋友若未尽朋友之义，自己也应该想一下自己是不是像那《影子》中的主人，我行我素：难道在赤道、在黑夜、无月、无星、无灯时也要影子相伴吗?

爱就像太阳、月光、星光和灯光，缺少爱，还会有自己的影子吗?

我爱南疆攀枝花

清明，我把一杯酒洒向南方——

在祖国的南疆，在那攀枝花的树下，在那竹林丛中，我的一批战友长眠着。他们当年的恋人，如今有的早已成了别人的妻子和丈夫，唯有他们白发苍苍的父母还记着这些留在远方的儿女。

邻居家的女儿韩娜回来了，她从南疆归来，从二十年前的恋人那里归来。她的情人——我的战友永远留在了那里，化作祖国边防的山脉。

三十年前，她与他中学毕业后不得不分别了。一个到广阔天地去奉献，一个去守卫祖国的边防。相恋的日子没有花前月下的徜徉，彼此只有梦中的思念，白昼的牵挂。

四年的光景过去了，她到部队看他，正值狼烟升腾，他匆匆送她，一件小小的纪念品也没有时间为她买，他从哨所边的攀枝花树上折下一串火红的花朵，放在她的怀里。

攀枝花啊，血一样的红艳，象征着战士的忠诚，也代表着情人一颗忠贞的心。分别的泪水是晶莹的雨露，多少个春秋过去了，攀枝花日日开在她的心中，伴着她度过了青春，度过了中年。

我把一杯酒洒向南方，不仅是怀念那些英雄，也纪念那些为了我的战友而牺牲了美好年华的人，在她们本该拥有爱情的日子，却把青春献给了远去的人。

我把一杯酒洒向南方，不仅是纪念曾是我战友恋人的姑娘，也敬给那些曾养育了英雄的父母，在本该儿孙绕膝的日子，他们只能在梦中抚爱自己的儿郎。

我把一杯酒洒向南方，也献给年年开放的攀枝花，感谢它掩映着为了祖国而倒下去的战友，感谢它用血红的誓言告诉活着的人：祖国的和平，不仅需要强大的经济实力，还需要英雄的血。

校园的那棵白杨树

童年读书的校园，我的窗前有一棵高高的白杨树，长得比我们的教室还高呢，粗壮的树干，我张开双臂也抱不过来、每天上学，远远地就看见白杨树向我们招手。

春天来了，一片片绿叶在阳光下闪着绿油油的光，像挂在枝上的一颗颗碧色的宝石，小鸟在枝叶间蹦跳鸣叫，大树像一把巨伞，为我们遮风挡雨。骄阳似火的日子，我们班的男生女生在树荫下看书背课文，老师在树下给我们讲红军长征的故事，讲刘文学、谢荣策、向秀丽的故事，教我们唱《我们是共产主义接班人》。

我在这大树下戴上了鲜艳的红领巾，多少美好的理想都在白杨树下萌生，渴望像这高高的白杨树般茁壮地成长，擎起一片蓝天，托起白云。

长大了，我离开了这棵与我风雨相伴的白杨树，它却常常摇曳在我的梦中。每当清晨散步时，我都想走进我的启蒙学校，看着校园里的一草一木，在白杨树下寻找失去的童年，耳边回响起一个个熟悉的声音，眼前浮现出一张张天真烂漫的笑脸，心里涌起波澜。白杨树给了我童年的欢乐，也给了我中年的感悟。

校园的红瓦房扒掉了，盖起了楼房，高高的白杨树像新旧年代过渡的证人，自豪而慈祥地看着楼上楼下的孩子们，并挽住城市里少见的风光，透露出校园的生机。

有一天，我又走进校园，眼前的景况让我惊呆了——白杨树被砍倒，树干被锯成几段，地上的树墩子也正往挖。问其缘由始知，新来的领导下的令，木材也不是要派什么用处，而是去做柴烧掉。

这是为什么呢？也问不出为什么的理由，恐怕只是新领导不喜欢白杨树，喜欢别的什么树吧，或者要标新立异？一棵树若没有天灾人祸，也许会活千八百年呢，可是它竟在挂着绿叶的季节，在健壮的时期被毁了。

白杨树看着我长大，童年里多少故事都有它。它倒下了，我很难过。这校园除了土地，除了旧址，还有什么值得我留恋的地方？我有些失控，愤愤地喊着。干活的人嘲笑我："条件好了，谁不鸟枪换炮啊！"我的心里不服，几千年前的先人修了万里长城，如今的人财物力不知要比秦始皇时代强过多少倍，莫非我们就扒了它，重修一座红砖或钢筋水泥结构的万里长城？

从此以后，我再也不愿去我的小学校园了。一年，一位发了财的小学同学从国外归来，他要去看看童年的校园，看看那棵他记忆中的白杨树，还要为母校献爱心，然而当他清晨从那校园散步归来时，我看到他眼光中的悲伤与失望，爱心也化作了痛心。

第二编　翰林痴语

笔是圣洁的标志，字是有灵的。圣洁的笔，有灵的字，合成的文句是智慧与知识的结晶。

谁败坏了诗

有的诗人的情总是与众人的情不一样，别人不以为然的事，诗人会觉得美。写诗要写出共性的美感，你觉得美，应当让别人也觉得美，在个性的题材中彰显共性的美，在别人都熟视无睹的景物中发现别人没有感觉到的美。

可叹的是如今许多诗人不明白了，只以为我行我素就是诗，或押韵的分行就是诗，所以迫使今天诗歌走上了山穷水尽的路。这是诗人自身给诗带来的结局，还是诗给诗人带来了悲惨呢？谁能说得清？但愿诗在人们的怜悯中存在，诗人在人们的谅解中存在吧！

目前诗的形式之所以还能存在，目的是诗人在人们的宽容和怜悯中的缘故。说穿了，诗到了今天这样的惨局，是诗人自己的败落，是某些曾作过诗歌引导的人在市场经济一切向钱看，将诗引导到败落的地步的。

二十年前，有一位著名的诗人和诗歌理论家在国内大办诗刊，和写诗指导，只要交够他所要的钱，就给你版面登诗，就给你写吹捧性的诗评，许多诗人就是向这个诗人办的刊物上学写诗的，这个人培养出来的是只图虚名不懂诗的诗人。

我觉得20世纪70年代的叙事诗有血有肉，情中含事，很好。

为什么放弃了格律诗的写作?

翻阅当年我写的诗，让我想起一个时代，忆起那再也找不回来的美好岁月。虽然有的诗显得那样无知，那样愚昧，但却是真情流露，是我的情之证，心之声，爱之歌。

我理解的诗就是用自己能把握的文字把自己的激情表达出来，无论是描绘还是陈述，华丽的词句并不重要，重要的是能否表达感情，这感情是不是能感染人，让别人能与自己的心情相通，但是写的时候，并不注重他人如何接受，而是一心专注自己所表达得是不是到位；至于押韵与不押韵，分行与不分行，并不重要。人们习惯于把分行和押韵的文字称为诗，那么，我写的这些，在形式上就似诗非诗了，而诗所注重的“情”，却是浓的。

中学时老师讲格律诗，填词写诗按着格式来写，真有点兴高采烈了，自认为终于摸到了诗词的大门了，会填词写诗了！但按格式来写，查韵母，查平仄，受到很多限制，一旦找到相应的平仄声，找到韵母，写成的诗竟然被格式牵着走到一个似是而非，或与先前想表达的情感风马牛不相及的地步了，或是在查找的过程中，诗情已经淡了，灵感也已经消失了，只能按着理性来完成这首最初以灵感起端，现在不得不以理性来结束的诗歌创作了。严格地持守格式，很难抒发情怀，唯有不讲究韵律，不拘束格式，随情感而作，方能把心中的感情表达出来。

普及探求诗艺、美学的专著，各抒己见，博采各家之长是走向诗歌创作成熟的过程，但是真正的诗人不是看指导诗歌的创作理论而写出诗歌来的，而那些根本不懂诗的人写出来的诗才能流传下来。诗歌不是先有理论才有诗歌的，是因为先有了诗歌，才有理论家总结推导出诗的理论。每一个理论家都在自己的位置“看景”，一个景，横看成岭侧成峰，哪有一言定音的?

我还不得不说自己曾被那些好为人师者一度引入写诗的困惑。我最初写诗，根本不懂诗艺，只是看到引我激动的好诗，开始爱诗，被它吸引到诗的王国，于是，有时遇事、遇景胸中发热，夜晚的月亮让我心静如水，向往天宇；清晨的太阳，使我心灵快慰；春草发芽，夏季花开，冬季的雪飘，舞动的红旗，擂响的暮鼓，凡能感动我的，使我欲喊欲哭，欲狂的，由心灵的感动再转化成笔下的文字后，就是所言的诗了。

小说是一道推导人生思想的方程式

有人说作家到后来就是思想家，那么中国到底有没有达到这个标准的作家呢？写一部作品，作者应当从头读到尾，像演算数学题一样推导出一个合理的结果。这个结果就是作家的人生感悟，也应当是能引起读者共鸣的感悟。没有这样的感悟，这部作品就是失败的作品。

1+2=3，这是一道正确的数学题，一部作品，也是1事件+2事件＝3事件的人生算术题。数学中的这个算术式“1+2=3”，对于其中的1和2是怎样形成的，我们不必去算了，但是作品中的“1事件+2事件＝3事件”的人生算术题，我们对于其中的1和2就要有交代，这个交代要写出起因过程和形成的结果。每一事件的形成与另一事件的相加，就推进了作品的进展，也就是使这个作品的算式成立，所谓导出一个的结果，就是感悟或称为思想。一个作家胡说八道能导出启迪人的思想之果吗？

春天加夏天加秋天，得到一个季节是“休冬”；一天加一天，加到三百六十五天是“过年”，一年加一年，加到了人生的终点，得出一个结论是“虚空”。一部作品事件加事件推进情节，不断出现新的事件，新的结局（下一个事件的起端），如果作家继续写下去，就永无止境，一直写到他写不动为止。

每一个事件都能使人产生思考或感悟。每一个事件相加，又孕育出新的事件，新的事件再与新的事件相逢，再产生更新的事件。《水浒传》里的事件与事件相逢，产生出新的人物和事件，最后有一个全书的大结局，结尾了，读者到此，仁者见仁，愚者见愚，各得其所了。

一个作家的人生感悟，取决于他的文化层次。他生长在中国这块土地上，如果不知道从前产生过什么思想文化，不知道现在发生了什么样的变化，不知道现在人们的生存状态，仅闭门造车，这样的文笔不会体现与时俱进的思想，即使有人出版，或评上什么奖了，也是创造麻木，自我陶醉，混几顿酒钱，还能有什么效能！

作家推导人生的方程式，并不是要作家给人家当什么大师，指手画脚地说教，而是写你自己的人生经历，写你对事物的感触，你的经历，你的感悟，你的独特认识，又有对普遍的启迪性，读者自然买你的账。所以说作家且不可好为人师，还得靠你的故事来吸引人，在读故事中自然而然地产生了感受与思悟。你的思想是自然中成长的。不是将你学的什么知识揉入作品，来教育他人，是要将你在不正常的遭遇中所描述的东西给一个鼓励人的启迪。

有“我”无“我”对美感的影响

——试论社会理念情绪对审美的障碍

心美则景美

《红楼梦》中林黛玉葬花，她把美丽的花掩埋了。是花不美吗？是因为她觉得花很美，美丽的花曾给她带来美的感受。所以当她的心陷入悲伤时，她要葬花。青春如花，花如青春，青春易逝，花开几何？情移于花，葬花流露的是她悲伤的心。花并没有悲伤，是她在悲伤。

我们生活在社会中，各种烦恼搅扰着我们的心。当你心事重重，你会对眼前的鲜花绿树熟视无睹。

人累了，烦了，愁了，愿意到林间小路漫步，愿意到山野河边静静独坐，或躺在青草地上，望着蓝天白云、青树绿叶、红花碧草、小河流水，种种不愉快都能淡忘。但前提是你要主动放下那些琐事，把自己的心融入自然环境中。顺从大自然的引导，这样才能沉浸于美感中。

人不可能做到无我，若能做到无我。就不会选择风景区去陶冶自己了。去风景区，是借用外界条件强化无我。再则，人不能做到无我的原因是人必须有感觉，如果“无我”达到麻木，那是病态，病态连大自然的美也无法感受。那么为什么又提出进入无我境界才能品大自然的美呢？人是由两个我构成的，一个是天然的我，对大自然充满了自然流露的热爱；另一个“我”是社会理念或情绪造就的人为的我，这个我只对符合自己情绪心态的景物欣赏，否则，发怒时会把精致的器皿打碎，会踹花朵几脚。

人不是生活在真空地带，心必然带着社会理念情绪进入对自然的欣赏，以自己的经历和心态审美。如果将A处形成的理念来衡量B处看到的景色，就难免偏离B处景物的含意。谁能最先放下理念情绪，摆脱世俗带来的困扰，谁就容易成为美的发现者、创造者和感受者。这就是为什么有的人能成为作家、画家、书法家等艺术家，而有的人虽然也向往，却又不能成功的奥秘所在。

风景，看了东边再看看西边

有一次宴会，几个文朋诗友议论起本县某作的作品。一位画家发表演说，他说现在只有A的长篇小说是最好，别人的都不行。B就坐在画家的身边，听了坐不住了，话语有失恭敬，反驳了画家。二人争得面红耳赤，大家劝解了一番才算罢休。

一个人评价事物的时候容易爱屋及乌。画家也许因为和A作者有情谊，有意抬举A，无意间贬损了他人；或者他对A的作品确实很喜欢，所以说了这番话。前者不是美学论述的话题，笔者只能后者试说。

一个人进入公园，公园的景色各有千秋，同一个时间，同一个人，他不可能一目了然，必须走过全园才能看全了风景。

向东走的人，只能看到东边的风景，向西走的人只能看到西边的景色。东行的人说东边的好，是可以的，但不能说东边的“最好”。他只有都走遍了，才能说哪一边风景“最好”。有比较才有鉴别，没有比较，说出的观点不仅是错误的，也自我嘲讽。

上边提到的画家，如果看了A、B两人的作品，也看过本县所有作者的作品，再说这A“最好”也许情有可原，可实际上谁也不会为了评价一个人的作品而去看遍其他人的作品。所以评价作品只能在选择一个比较物，相对中进行评价。否则泛泛而论，既是对作者不负责任，也是对自己的一种贬值。

美感永远没有“最”，美是独特的，看过东、西两处风景再表态，是文艺美学评论的应有规则。即使看过了东、西两处风景后表态，也要声明一下：“这只是一家之言，难免坐井观天，敬请赐教。”这样的态度，也是美的一种显露吗！

苏东坡的《琴诗》道破美学天机

我们的哲学一直使用的是唯物主义，它的重要标志是“物质第一，精神第二”。在这基础上的美学也不能忽略了精神或心理对于物、景、美的感应作用。诸如对同一轮月亮，人们会在不同的时间内不同的心态下有不同的感觉。即使是同一个人，对这轮月亮也会在不同的时间和不同的心态下有完全不同的认识。

李白看月亮，写下了：“床前明月光，疑是地上霜，举头望明月，低头思故乡。”还有两首是同一作者写月亮的诗，虽然是一轮明亮却引发了不同的遐想：

月亮的遐想

月牙是一个问号——
问我可把人生的目标思考；
圆月是一个句号——
让我把往昔的功绩忘掉。

月亮圆了又缺——
于是月下的人们聪明又勤劳。

望月

月亮爬上了房顶
吻着杏花飘香的山村、
家乡涂绿的田野、
鱼儿打漂的池塘——
还有那遥远的无指山峰……
此刻
月亮莫非正吻着他海南放哨的身影？
或这明媚的月色
也在倾注着他思乡的深情？

美感有时很单一就会产生，但有的时候是道德、时间、地点、经历、情绪、文化、信仰、伦理、心态等的综合感受。不单单是一朵花、一片云、一只曲，或一个其他的什么物景就能使你产生美的享受。人的综合素质对于发现美、感受美、创造美很重要。

“若言琴上有琴声，放在匣中何不鸣？若言声在指头上，何不于君指上听？”（苏东坡《琴诗》）。爱好艺术的人，忽视了自身综合素质的提升，必将自欺人地谈艺术。这样说，是不是追求艺术的人从此就心生畏惧，不敢涉猎艺术了？当然不是！在艺术上，不能成为大师的可成为小师；不能写成不朽之作，可写出昙花一现之作。

人很难做到综合素质都具备，世上没有第二个曹雪芹，但是对于自己的不足却不能不知，可以以长处来创作，以知识丰富自己，免得因没有自知之明，自高自大，而孤芳自赏。

狭窄的兴趣会扼杀艺术生命

从延安时期往后，中国产生了许多创造战争题材和忆苦歌甜作品的作者，但是终因不能与时俱进而被时代淘汰，谁看过《半夜鸡叫》《金光大道》《艳阳天》等那些成名的作者在改革开放后又写过新的轰动之作？他们都是受人尊重的作家，也是值得怀念和感谢的作家。一个人一生很难写出轰动性的作品，写出一部或数部就够了不起的了。不是他们江郎才尽，是他们限定了自己，把自己固定在一个阶级性的审美框架中了，有意不与时代前行，只愿做一个历史阶段的句号。

趣味要不断改进，有的人凭兴趣来决定喜欢这个，讨厌那个，非艺术创造者可以凭兴趣来决定自己的喜欢，如果艺术创造者也凭兴趣固定自己的兴趣，就是在扼杀自己的艺术生命。

如有的人认为花草、小河流水中有诗，有的人认为爱情中才有诗，有的人认为阶级斗争中才有诗。随着时代的发展，小河流水声也有被键盘声掩饰的时候，伟大的阶级意识也有被和谐之声取代的时候。趣味如果使人固守在一个狭小的框架中，它便会无机会发展，那么就必死无疑了。人也就会成为有血有肉的“木乃伊”。

人生活在社会中，心会打上阶级的烙印，为本阶层或爱或怒是应当的，但是被烙印压迫得不能自拔就是悲剧。唯有与时俱进，扩展趣味，才是焕发艺术青春和使艺术之泉永不枯竭的保证。

读画产生的遗憾

我不会画画，但是喜欢看画；我不会评画，但是喜欢说真话，愿意谈自己的看法。也许这样会得罪一些画界的朋友，可是因为我喜欢画，爱屋及乌，对读画后的遗憾不说出来，总觉得对不起这些朋友。观赏画，对于一些画的标题起得太缺乏思想性而感到遗憾。

绘画和照相的区别在哪里？照相馆给你照一张相片，如果你叫张三，他会在这张照片上标“张三”，如果你拉了一头黑猪来照相，照相馆会给这张照片标上“张三家黑猪”。因为张三不过是要给自己和黑猪留一个纪念性的影而已。

有了照相机，人们为什么还要画画？因为画要体现人的意识，不是为了和照相机比高低，比谁的模仿性更加逼真。绘画要画出画家的思想，要画出画家的感受，否则，你画得再逼真，只能是你仿真效果好。

有一位青年画家，他竟然不知何为国学，有关部门给他寄来关于国学会议的邀请函，他竟然大骂出口，说什么“国学，我哪里知道国学不国学的”。这样的画家，说出这样一番话，很难相信他的画会有文化内涵，会有灵性。看他的画，你的思想不会产生遐想。所发出的赞叹只能是对他画笔的细腻、一丝不苟的态度的认可。那么这样说，这个画家几乎就是照相师傅，与其作画，莫不如去学照相了。

如果效仿照相师傅来画画，对这样的画家，你给他出画题——“春雷”，他还能画吗？看花归去马蹄香，画面上没有花。不是引人深思吗？

画，不靠名人吹捧，不看画家的身份和背景，不靠研究会、展示会，而是靠美学的检验和定位，画家对于美学不能不涉猎。

有人以为美学高深莫测，其实他距离每一个人相当近，寻常人都有美学观，画家更应当自信自己的美学素质，不妨以人为对象进行标准论做例证。

人有美感是天性，人在幼年时就爱花，爱月亮，爱星星，到了情窦初开时便会喜欢“好看”（美）的异性。父母从没有告诉他或她什么样的男孩子和女孩子“好看”，但是他或她却会识别谁“好看”。

著名美学家朱光潜先生曾举过一个例子，在一处地方开了一朵花，走来一个人，停在花前，有人问他看什么。他说他是植物学家，他在看这枝花的叶、茎、杆，思考它的生长关系。随后又走来一个人，他站在这朵花前，有人问他看什么？他说他是一个商人，他想这样的花拿到商场上去能售多少钱。又来一个人站在花前，有人问他看什么？他说他是一个医药学家，他在想这花能不能入药。最后来了一个人，他站在花前，有人问他的身份，他说他什么家都不是，就是被这枝盛开的花吸引住了。

这个没有掺杂任何理念的人，此时此刻他感受到的就是美。美把他的脚步留住了，吸引了他。他沉浸在美的感受中。天然的美是不掺杂人为的背景的，它具有自然的吸引力，但社会是理念的社会，是人治的社会，社会中的艺术就不可能单纯得只有天然美，天然美会演化成社会理念美，会启迪人，会揭示生活，引导鼓舞读画的人去对真善美的追求。如“丰收”那幅画，如果将画名变为“脱颖”，就会使人由大自然的庄稼的成长联想到人生不必去抱怨怀才不遇，只要成长，顺应天时地利，就会成熟，就会有展示自己的日子。这样，无论谁看画都会有思想的空间，哲思的感悟。这个看画任务的完成，首先是画家的功夫到位，其次是看画者的二度创作——在画家艺术基础上升华。

借此还想重复说几句，绘画不是照相机仿真，它是艺术。艺术要高于生活，虽然这是一个老话，但要破解这陈旧的老话的内涵，不妨举一个例子。

多年前，艺术界在云南召开一次艺术研讨会，主持人把两A、B两盆桃花摆放在一起，用护栏圈住，不许靠近，当然也就不能去摸它们。他告诉大家，其中一盆花是仿真的，另一盆花是真正的植物，请大家站在护栏外指认哪一盆是植物，哪一盆是假花。很久没有结果，最后一位美学家斩钉截铁地指着A盆说，这盆花是假的。理由是这盆桃花长得枝叶茂盛，枝条对称，叶子绿，花儿美，色泽鲜艳，大自然桃花美的特征几乎全都集中在这盆花上了。主持人当即表态：认定的正确。

美学家又说道："真桃花生长在大自然里，历经春秋，有旱的时候，也有涝的时候，有盼望春风的时候，也有被春风吹弯了腰的时候；身上留下了生长过程的累累伤痕；枝条哪能长得个个对称？叶子哪能片片相同？花朵哪能开得朵朵迷人？人们把理想的美寄予艺术品，只有假的才会十全十美呀！"

水中映出（折射）的岸上树，会比岸上那棵树更有诗意。画来自生活，通过画家心灵地折射，再展示时就已经不是天然的景色了，美于生活了，画笔的功夫已经到位了，如果起一个充满思想的跨越画面的标题，那就升华了。

升华要求画家有文化意识，有思想。一幅画会有多种主题发掘，但总有一个最大的思想亮点等待画家去发现，任何艺术家最后的境界都将成为思想家，画家也不例外，画家的创作要明确自己宣泄的情绪或思想（当然也有画者无意，看者有意的时候），仅为画画而画画，只想把这个画搞得逼真，那么就没有意义。一幅画要能通过标题来折射画家的思想和情绪。这是功夫，而且是决定画品位高低的功夫。

曹雪芹的藏书

任何人读《红楼梦》都会感叹曹雪芹的知识渊博，天文、地理、风土、人情、佛、道、儒、医道、厨道、风水、男欢女乐等，他几乎无所不知，无所不通，有人谓之为天才，于是，许多想舞文弄墨的人，提及《红楼梦》，想起曹雪芹，都站不直双腿，有的甚至因读了一遍《红楼梦》就以文人自居，竟也要吃起“红学”的饭来。

我少年时不知什么原因，竟萌发了要当一名伟大的现代文学家的野心，当知道在我之前有一个曹雪芹时，不得不改道易辙，降格做一名读书家了。我搜罗了一些教育我们这一代不改变颜色的书和三教九流的著作。

参加工作后，单位为了完成上级的下派任务，年年都订阅大批的报纸杂志。收发员天天把这些有用无用的报刊分发下来，堆在办公桌上。看的人少，大都上下班用它来擦车座、买菜、去厕所，剩下的我便尽情阅读。发现有一个叫胡来的作者写的文章特别多，我也特别喜欢看。胡来的知识面广得让我瞠目结舌，我怀疑他就是曹雪芹转世，以后凡是看见胡来的文章，我都剪辑，订成册，常拿着自制的胡来文集赏阅。苦于寻不到胡来的地址，几次写信给报刊，问我心目中的“现代曹雪芹”家居何方，欲登门拜访。

那一天，我替领导去开会，走错了门，进了小城的笔会场，正巧主持人说：“下面请胡来介绍他写作体会。”我一愣神，这小地方还有与报刊上大名鼎鼎的叫胡来的作家重名的人？真是不知世上还有羞耻二字！我看看这小子是啥面儿做的，白唬点儿啥？

“我叫胡来，有人给报刊写信，在信上称我为胡老，还把我称为天才，比成现代的曹雪芹，真让我汗颜。”

呀，这小子说谁呢？好像讲我呢！他真是那个作家胡来啊！

“小子今年三十有八，嘴上没毛，办事不牢，哪敢当什么老啊！关于天才，我想，天才是不会成为作家的。因为一旦是天才了，他就大彻大悟了，看破红尘了，就不再管人家的闲事了，哪里还会有世人的喜怒哀乐呢？作家是多愁善感的，没有天才的那种超脱。作家没有头戴天才的桂冠，本人是不自量力的且愤世嫉俗的人。曹雪芹老人家的《红楼梦》中知识多，我也羡慕他老人家博学广记的才能，咱没那个脑袋，咱有笨法，那就是多多地收藏图书。光菜谱我就买了十几种，创作中写到达官显贵到酒店点菜，咱小吃部都没进几回，哪里知道他们的口味？就得查菜谱，让老板给这人们上符合身价的菜；写武打，我就查武艺大全；写疾病，我就查偏方大全；写恋爱，我就查恋爱大全；写家中摆设，我就查古今家具大全……”胡来的口音我听着很耳熟，我掏出眼镜擦了擦卡在鼻梁上，往台上仔细看，啊哈，发言这大作家不是登板的那个下岗工人胡老蔫儿吗？我一个月坐他好几趟车呢！他是作家，还是那个让我当成“现代曹雪芹”的作家。我一下子蔫了。

从那以后，我常常猜想：曹雪芹是不是真的博学广记呢，还是也像胡来一样，现用现搬书呢？总之，那老头一定悄悄地藏了许多书。

从那以后，我常恨自己少年时代要当作家的野心不该自消自灭，因为胡来告诉给我，作家不是天才！

五香干豆腐

一位在省城工作的同乡，自费出版了一本书，拉赞助召开研讨会，还上电视露了脸，报纸也有人赞美这部作品里的文章。从城里回来后，慕名来看他的文朋诗友都要在他面前洗耳恭听，听他讲这部作品的写作经历，讲这部作品被哪几位名人称誉过，他因这部作品的出版上了多少回电视。他说他这部作品在图书市场供不应求，讨书者恕不赠送。

我为拜读大作去了几次书城，许是供不应求的缘故，我竟失望而归。

一次偶然到作家的同学家串门，他的书架上正好有一本那位作家的那本书，我捧在手中，以一睹为快。作家的朋友见我如获至宝的样子，笑着说："你要给你拿去，我都没看。"我看他那不屑一顾的样子，说："这作品上了广告呢，现在还有媒体在宣传呢！你莫不是写不出东西嫉妒人家吧。"

作家的同学答非所问地说："我很爱吃五香干豆腐，咱们农贸市场门口有好几份卖五香干豆腐的，凡是从他们身边过人，那几个卖货的，总有人不住嘴地吆喝自己的五香干豆腐好，你说我买谁的啊？我就买那不吵不嚷的。你说为什么呢？卖五香干豆腐，刚开始出摊吆喝几天还可以，以后他还吆喝啥？吃了他五香干豆腐的顾客不就是他的活广告了吗？若自己不停地吆喝，你说，这不是他自己心里没底吗？我买的那个不吆喝的人的五香干豆腐，真就比那天天吵吵自己的五香干豆腐好的人强。”

我这才听明白他说这话的意义是什么，他指那位省城的作家，我却红了脸，因为我总像那卖五香干豆腐的人捧着自己的作品吆喝啊……

宋仁宗因缺母乳啼哭

《水浒传》开篇说仁宗皇帝生下来时昼夜啼哭不止，朝中下诏，四处张贴皇榜，召人给仁宗医治。

皇帝也罢，平民也罢，生下来啼哭是自然的，因为人生的过程是苦——枯，所以哭，仁宗降生时的哭，除了和所有婴孩一样哭之外，肯定还有与众不同的哭，不然，他的哭为什么会引起朝中大惊小怪呢？

他为什么会有与众婴孩不同的哭？没有人知道，若有人知道他哭的原因，天上也不会派太白金星下凡来医治他了。

这一天，太白金星来到人间，他化装成一个老头走进宫，自告奋勇说能医治仁宗的啼哭病。一个普通的平民老头子能给仁宗治医？能信吗？有病乱投医，可以想见，会有不少的人来给仁宗治啼哭的病了，若不然，能轮到一个民间的老头来给他看病吗？

太白金星一不用药，二不问脉，抱起太子，附到他的耳边说了八个字“文有文曲，武有武曲”仁宗听了，就不再啼哭了。

传说文曲星是星宿名之一，主管文运的星宿，人们把那些文章写得好被朝廷录用为大官的人比喻为文曲星下凡。民间出现过的文曲星包括：范仲淹、包拯等。武曲星也是民间对武将的代称，武曲星气量宽宏且心直口快，忠君报国。

文臣武将是君王不可或缺的安邦定国的工具，太白金星附耳对仁宗说了八个字，仁宗就不再啼哭了。为什么？因为书中交代："文有文曲，武有武曲。文曲星乃南衙开封府主龙图阁大学士包拯，武曲星乃是征西夏国大元帅狄青。"这是《水浒传》作者写的。

我想这是作者强加给太白金星的。作者要把仁宗皇帝写成一代忧国忧民的仁爱君王，就臆造了这八个字。

仁宗皇帝要面对的人生不单单是治国，还有个人婚姻、亲情、友情、师情、生老病死等，有没有文曲和武曲，绝不会让他啼哭不止。就他当时的处境来讲，最需要的是母亲喂奶。在真实的历史中，仁宗赵祯不是刘皇后的儿子，他的亲生母亲姓李。原本是刘皇后身边的一个普通侍女，杭州人，也许是在自知不能生育的刘皇后的刻意安排下，被皇帝"临幸"，生下了仁宗。刘皇后特别高兴，把还在襁褓中的仁宗抱到自己这里喂养。母子有一种天生的纽带，亲生母亲不在身边，吃不到母乳，婴孩中的仁宗能不啼哭吗？说他为没有得到文曲和武曲而不放心，有点不着边际了。

如果说仁宗真的盼着文曲和武曲两颗星，那么后来包拯和狄青来了，又如何呢？

传说包拯为宋仁宗找到亲生母李太后后，仁宗执意要把半个庐州赐给包拯，以示答谢，包拯始终不接受，可是皇命难违，包拯最后只好答应接受庐州城南的一段护城河，这便是"包河"的来历。

狄青出身贫寒，从小就胸怀大志，十六岁开始了他的军旅生涯。狄青长得俊美，堪称帅哥。他到底有多帅？帅到上战场不敢以真面目示人，怕敌人看到他长得太过俊美，嘲笑宋军无人，派了个奶油小生来打仗。他为仁宗立下汗马功劳。尽管宋仁宗说"狄青是忠臣"，嘉祐元年（1056年）八月，仅作了四年枢密使的狄青被担心功高望重篡夺皇位而被罢官，离开了京师。

狄青到陈州之后，朝廷仍不放心，每半个月就遣中使，名曰抚问，实则监视。这时的狄青已被谣言中伤搞得惶惶不安，每次使者到来他都要“惊疑终日”，唯恐再生祸乱，不到半年，早于仁宗皇帝之前，发病郁郁而死。这位年仅四十九岁，曾驰骋沙场，浴血奋战，为宋王朝立下汗马功劳的一代名将，没有在兵刃飞矢之中倒下，没有血染疆场，没有马革裹尸，却死在猜忌、排斥之中。

狄青没有享尽天年，虽有尽忠报国之心，却在被怀疑中忧郁而终。包拯的结局还算可以，他还得到一条护城河——包河。

把一个吃奶的婴儿的啼哭，写成是在盼望上天赐文臣武将的忧虑而啼哭，这也不足为怪，因为中国历史上，寻常百姓总把帝王将相想成神的使者，读书的人还是应当冷静点为好。

见解不同是因为看事物的标准不同

《书林》1980年第五期有一篇论托尔斯泰文学的短文说，列夫托尔斯泰是俄国的大作家，世界文化名人，他的小说《战争与和平》《安娜·卡列尼娜》和《复活》驰名世界文坛。然而对于他作品的评价，历来有所不同，有人把他的作品说成“文明人类的声音”“世界艺术的顶峰”，奉他为文学“圣人”“生活的导师”。

也有人把他批得一文不值，说他有一股封建贵族主义的味道，是一个虚无主义的鼓吹者。可是革命导师列宁却认为托尔斯泰是一个天才的艺术家，最清醒的现实主义者，但又是一个发狂地笃信基督的“地主”。

放下《书林》，我在想，为什么对于同一个作家，他的作品会截然不同呢？究其原因是在于评论者的世界观和方法论不同，所选取的角度和标准也就不同。伟人说过：“我们的眼力不够，应该借助于望远镜和显微镜，马克思主义的方法就是政治上的望远镜和显微镜。”

一种事物，一个人，会有很多评价，也许好，也许不好，产生这种原因的因素很多，一是可能感情用事，明知是好硬说坏，或明知是坏硬说好，一种可能是认识上的错误。前者以感情用事，不是实事求是；后者是标准不准确，一旦知错很快就能更正。一个人对于事物应当采取实事求是的态度，标准一定要可靠，这样我们才会评判得准确。

从读《中国太监传》侃起

读罢《中国太监传》，闭目凝思，心中涌起一番感想。

中国历史上那些大小太监，因为生活所迫入宫，有的自幼被双亲阉割了生殖器，稍大便送入皇宫，像小安子之流；有的长到成年，因天降不测之祸而意外失去了生殖器，进入皇宫，像阉党招摇魏忠贤——他是酒后醉卧荒野被狗咬食了生殖器。

这些人，别看男不男女不女的，是不幸之人，可是他们服侍三宫六院，献媚于皇室，接近了皇权，竟然也平地增了几分神秘高贵的色彩，令人生畏。他们有的也真就猖狂起来。一不说他们有的偷窃皇家珍宝；二不说他们受人贿赂暗成巨富；三不说他们有的私下娶妻纳妾，充当精神丈夫，单就他们结成阉党，干涉朝政，排除异己，陷害忠良，就足以让人恨之切切了。

那血淋淋的例子实在不愿回首。

天有宝，日月星辰；家有宝，孝子贤孙；国家宝，良将忠臣；太监们吃皇粮，却干着毁坏国家的勾当，我想这该是可杀不可赦的吧？

那些太监害人、整人，是什么心理呢？也不难理解。你想，他不是靠才华，而是靠失去自身的一部分为代价才得以混入宫中，见了男人和女人，他都无法归类，心里肯定不是好滋味。羡慕那些身体完整，事业方兴未艾，青云得路的男子汉，哪里会去想武打江山文治国的艰辛呢！太监把羡慕转化为醋意，又转化为忌妒，生着法子要把国宝变成废物。他们献出了生殖器，岂甘心让别人完完整整地活下去！

今天没有了太监，可是中华民族思想文化的延续和渗透，又决定了太监式的人物不会绝种。不同的是，这些人身体完整，阉割的是比生殖器更为珍贵的良心。他们置祖国与民族大业于不顾，装成正人君子，对那些声誉超过自己，或者有可能超过自己的人，变着法子打翻在地，再踏上一只脚。

现代的太监可怕，但也不必恐慌。因为你稍一留意就会辨别他们：君若见那上蹿下跳，八面玲珑，左右逢源，人与之共事，唯有他功绩累累，别人都无功他反而获利；人与他同行，他步步高升，同路人个个跌倒，都成了他的铺路石，或共事的人平白无故地被他说成精神病，封杀其口……这个人，不必再多举例子了，他就是一个现代太监！

对于现代太监，也是可以理解的，历史上的太监丧失了人体器官，现代太监丧失了良心，私下肯定会丧失人格、金钱，损失也是很惨重的，用这样的代价才换取一个“现代太监”的地位，他的心理能平衡吗？他必然用历史上的太监手段对待身边的同事或同志，这是理所当然的。不把你好人搞个四面楚歌、声名狼藉，你若揭发他的恶事丑事怎么办？这叫先下手为强，后下手遭殃！

现代太监很可怜，他们虽然丧失了良心，可是他们还有一个可以思维的大脑，这个大脑有时也会责问自己的！

第三编　人海收网

人生最大的任务是认识自己，最大的聪明是明白自己应该走的路，然而人一生的失误是总去努力认识别人，最愚的表现是总去论断别人的路。只有认识自己，才能明白自己今生做什么，只有知道自己应该走的路，才会看见路上的风景。

除掉“地头蛇”

农村哪家哥们多了，若没有道德修养，就会发展成村霸。在乡政府里有一个姓李的民选干部，当农房助理，人称李老大。他们家七个兄弟，个个膀大腰圆，寻常百姓家的孩子多了还有“七狼八虎”之说，这当兄长的在乡政府工作，他的六个兄弟在乡间称王称霸起来，成了地头蛇，连村支书也惧他们。有了事，李老大一周旋，大家也睁一只眼闭一只眼了。

这一天，李老大家那个屯的小队长张作纯，坐在党委办公室的门口哭得死去活来，说他的房场被人家抢去了，问谁抢去了，他还不敢说，打电话问村上，书记支支吾吾地说：“没听说有这回事，一会儿找人去看看。”这个小队长是个共产党员，在生产队的时候从山东扑奔亲友来这里落的户，当小队长二十多年了，也想不干。他要是不干，那个屯子的人还没人敢干，因为小队长这个角色，在那个屯子是一个冤大头。看他的那个样子就是，有话说不出，有冤不敢诉。

我身为乡干部有责任分管司法工作，于是打发人下去调查，去的人回来告诉了我这件事的来龙去脉。原来，张作纯现有的住房已经不行了，他申请了一块房场，这块房场在他家的东院，是自留的园田地。他的料也备上了，线也放了，就要动工了，李老大的二弟李大分头要在这里盖房子，张作纯放线，他就拨线。村上那么多房基地，李大分头为什么就相中了这儿呢？张作纯来东北时，从南方带来了一个水性杨花的媳妇，这女人长得好，比丈夫小七八岁，被李大分头看上了，并且两人已经暗度陈仓。李大分头为了方便，要和张作纯做邻居，硬要在人家的院子里盖房子。他们的私事政府不能干预，但是这在法律上是不允许的。而且这事张作纯没提，我们也只能不去问，于是就责成村里和派出所就李大分头抢占房场一事来教育他。然而，当张作纯又动工盖房子时，把地基起来之后，李大分头不仅把地基给扒了，还把张作纯打成重伤，不准他去看病。这事没人管，也没有人来报案。

张作纯躺在家里，村里不敢过问此事，是乡政府的包村干部下乡路过当地，听群众反映后告诉我的。

李大分头简直到了无法无天的地步！我把这个村的支部书记谷种田找来，问他："张作纯的事，你还能不能管？"他闷着头不吭声。他怕那七狼八虎，又不敢承认"怕"。我说："你要不敢管，就写个辞职报告；你不写，党委也可以把你撤了！现在是法制社会，不是他地痞无赖横行的时候！"他看我斩钉截铁，气势汹汹的模样，也很紧张，说："我回去研究研究。""还研究？事明摆着呢：罚李大分头，协助派出所办案。村里出工出钱，马上给张作纯把房子盖起来。盖房和医疗费用根据司法部分的裁决，从李氏兄弟的提留款中加额！赶紧把张作纯送到八面城医院。他李大分头不是地痞无赖吗？我看他硬还是共产党硬！"谷种田点着头说回去落实了。

然而，张作纯到了医院不到两天，就被医院以"没病"为由赶了出来。不用问，这是李大分头给医院通了气。

派出所把李大分头找来，所长到我的屋说："李大分头抓来了。"其实，这话用不着和我说。李大分头抓不抓来是他们业务上的事，我是党委副书记，不会去办案，他这分明是在试探我敢不敢和李大分头硬碰硬。

我到了派出所。李大分头认识我，看到我来了，很有风度地站起来和我握手。我没理他，而是不客气地对他说："你在那里待着！张作纯要住院，定的医疗费一分都不能少，你立即送来！现在是四点，下午五点钟到位，每晚一个小时，加罚一百元钱。在村里，不是你说了算吗？到这儿，是我说了算！要不服，你就去告我！"他立即耷拉着头，我不想和他再废话，转身甩上门就走了。

我的气势，不仅是震他李大分头，也有对派出所不满的意思，我也不相信李大分头真害怕。我推断，李大分头之所以敢和乡里暗抗，是李老大在暗中操纵，要打住地头蛇，就要先治住李老大。可抓不着把柄怎么打蛇的七寸呢？李老大这个人四十来岁，管农房，交际面广，涉及的工作面也大，他隔三岔五往各位乡领导的屋里走一遍，以征求领导意见为由来联络感情，也以此猜测领导们的工作内容和心情，把摸到的信息半吞半咽地透露给各村，以显示他在乡里的位置。

这一天，我正想找他，他却到了我的办公室，为我点烟倒水，打听他工作上是否有问题。我无中生有地表扬了他一番，然后把话锋一转，说："最近，你的几个兄弟给乡里找了点麻烦，你可能到现在也不知道吧？"他故作惊讶地看着我。于是，我就当成他不知道，把李大分头的事对他讲了。他听了气得站起身，说要去揍李大分头，我说你弟弟的事还好处理，而是老大哥的事让我难心啊！他问："怎么？我也有事了？"我说："你工作上挑不出毛病，可是，长兄如父啊，李大分头这事一出现，不少人说是你出的点子。你看，我这抽屉里还有好几封告你的举报信。唉，最近要清理民选干部，老大哥啊，我真怕你这节骨眼上有什么三长两短。那样，前些年不白干了吗？""书记老弟，你说的可是真的吗？"他神情紧张地问我，民选干部有谁不怕饭碗打了呢！而且民选干部不需要政府去清理，党委看你思想意识不好就有权把你清理了，这个他还会不明白吗。不然，他也不会隔三岔五地到处征求领导意见。

我说：“我是不信别人的反映，但是我一个人也难堵众人嘴。自己的形象靠自己树啊！人都是自己把自己打倒的。”说到这，我说，“我今天还有事。”就这样下了逐客令。他临走还着急忙慌地对我表决心：“老弟你就放心，我们家老二我来收拾，你就不用操心了！哪能跟党委过不去呢！反了他了！”

那天，李老大把兄弟们找到一块，哥们吵了起来，李大分头说：“软也是你，硬也是你，我这棍儿这回让你给折了！”李老大说：“我若是让党委给撸了，咱哥几个就得成了过街老鼠。”于是，张作纯的医疗费按时到位了，房子也由村上如期盖起来了。李大分头和打人的另两个人进了拘留所。我呢，在乡里的大会上公开表扬李老大大义灭亲，其实是向全乡公布李氏兄弟的棍折了。从那以后，李家兄弟再也狂不起来了。

感悟：张作纯出院的日子，正是全国整党的时候，他拄着棍子，拖着瘦弱的身体到乡政府门口，眼含泪花，对过往行人高唱《东方红》。

说起举报信，我的办公桌抽屉里空空如也，哪有什么举报信，不过是以诈治恶而已！

吓“活”淫妇

1986年夏季，一天晚上十点钟左右，乡政府的大铁栏门被人砸得咚咚响，外面有一个大喊：“我杀人了，快开门！我杀人了，快开门！”

乡党委和乡政府在一个大院里办公，派出所设在大门口，砸门声和喊声把院里的人都吵醒了，我也穿上衣服去看出了什么事。几束电筒光射向大门外，只见一个人脸上和身上沾满了血，手里还提着一把杀猪刀，自报是杀人犯，来政府自首。警察出来了，他把杀猪刀啪地扔在地上，伸出手让警察扣上了。警察按着他说的到了现场，这个人果然杀了人，不过没杀死。

杀人犯叫吴老蔫，家在距乡政府八里地的小全村，因穷，常年在外边做临时工。他的妻子外号叫滚刀肉，软硬不吃，干了很多丢人的事。虽然和公公婆婆在一个屯子里，由于不愿意伺候老人，结婚后分家另过。

吴老蔫打工去了，滚刀肉和一个五岁的女儿在家。邻里有一个光棍借机会钻了空子，赶上阴天下雨或农忙时，就借帮挑水或干农活来靠近滚刀肉，二人很快勾搭成奸。没有不透风的墙，吴老蔫知道了这件事，把滚刀肉打得起誓说不再与光棍来往，而实际上奸情不断。吴老蔫决心教训光棍。但是光棍人高马大，吴老蔫身小力薄，凭力气收拾不了光棍，于是，吴老蔫就悄悄地在自家的屋外挖了一个深坑，逼着滚刀肉放风说丈夫又出门打工去了。然后，他备好了刀藏在家里，就等光棍来了。

光棍不知深浅，以为时机到了。这天，天一黑，光棍乐滋滋地到了吴老蔫家，一迈门槛，一只脚就踩空了，一个倒栽葱，他就进了坑里。吴老蔫就势跳进坑里骑在光棍身上一阵子乱砍，吓得淫妇鬼哭狼嚎。她原以为吴老蔫只用棍棒子打奸夫一顿，没想到吴老蔫暗中藏刀，动了杀人心。吴老蔫听她乱叫，把她揪过来，用绳子捆上，扔在奸夫身上就跑到乡里来自首。

当夜，奸夫进医院抢救；吴老蔫对杀人供认不讳，乡政府工作人员把他绑在桌子腿上，等天亮送县公安局。而这个淫妇被抓来后，有个警察叫小秦子，平时办案就好动手，被领导教育了多少回，也改不了职业病。淫妇来了后，小秦子讯问她，她装疯卖傻，这小秦子来了气，心想：你养汉，惹出祸来嫌丢人，问你不吭声，不吭声就可以了吗，于是一巴掌就上去了。淫妇顺势躺在地上，任你咋的，就是一声不吭了，跟死人一样，随便你怎么弄，她就是不动。

派出所所长来找我，说："小秦子把淫妇打死了：现在，掐人中也不管事，浇凉水也不顶用；鼻子里喘气，摸脉还有脉搏。咋办？"这淫妇要上赖了！我和所长一合计，警察打人是犯纪律，过后再跟小秦子的算账！眼下是怎么样把淫妇弄"活"，别让她要咱。她不是装死吗，咱就这么办吧！

所长前脚走，我后脚就到了派出所。我一进屋看到淫妇躺在地上，吃惊地问："呀，咋的了？"所长唉声叹气地说："小秦子把人打死了。"我说："这还了得！这人命关天的大事，咋还不想法子呢？"所长故意做出哭的声调说："人死了，有啥法！"我小声说："活人还让死人难住了？趁天没亮，赶紧把摩托车打上火，把她拽到车上去，扔到大南营子水库。过两天，等尸首漂上来，就说她自己跳水了。”所长听了，故意小声说：“对对对，小秦子，二愣子，快快，赶紧把她弄走，千万别让人看见。”外面的摩托车响了，小秦子和二愣子进来拖淫妇。淫妇大叫了爬起来，大喊：“我没死啊！”

心语：就这样，有名的滚刀肉瞬间就“活”了，乖乖地招供了。这之后，打人的小秦子被清理出了公安队伍，我和派出所所长也挨了处分——用往水库扔人的话吓“活”了滚刀肉，虽然没有逼供，但毕竟不是用政策攻心和法律教育啊！

制服“死不怕”

小品《超生游击队》里超生的夫妇害怕被政府抓住，实际乡村里是有这样的人，公开要超生。你罚他，他什么都没有，若是没收他的地，饿死了人，咋办？你要是不管，他超生了，上级还不答应。1985年的时候，中国还没有计划生育法，这件事就发生在那个时候。

我的工作是分管计划生育，1986年春季里的一天，管计划生育的两名女干部大李子和小李子来到我的办公室，说：“北张家村有个外号叫‘死不怕的人，他的妻子计划外怀孕了，好几个月了。”我说：“怎才发现呢？”她们说：“这还不是我们发现的呢，是死不怕往市里计生委打电话报告的；市里来电话了，我们去看了，才知道这是真的。”我说：“这就怪了，人家超生都是偷偷摸摸的，这个死不怕咋还明目张胆呢？”

她俩前前后后把事情的经过讲了一遍。原来死不怕先前是副村长，因超生，换届时老百姓把他拉下马。当村干部后他就变懒了，又没有什么手艺，想让乡里安排他继续做村干部，目标没有达到，就成天喝酒耍钱，家里越过越穷。死不怕的妻子生了五个丫头了，一个劲儿超生，又一个劲儿挨罚，家里穷得叮当响，再罚都没啥拿的了。他自己号称“死不怕”，于是想趁妻子超生的机会，把乡里的主管领导和新当选的村干部拉下马——上级规定计划生育是“总开关”，哪个单位超生，有关领导一律撤职——

他想用老婆的肚子报复人。大李子叹着气，说："嘴皮子磨破了都没用！"二李子扬扬腿说："鞋跑开帮子了！现在，死不怕要流氓，乡里女的去，他就脱裤子；男的去，他就亮刀。"我说："我去！"

为了防备他，我跟派出所所长和大李子、二李子到了死不怕的家。听到叫门，死不怕从屋里走出来。

死不怕是个中年汉子，一脸的怒气，恶狠狠地看着我们。女干部把我介绍给他："乡里的主管书记来了，要跟你谈谈。"他看了我一会儿说："乡里那帮人我都认识，咋没见过你呢！"我挨骂还得笑呵呵，看他比我年纪大，说："老大哥，我来这乡时间短。"他说："狗嘴里吐不出象牙来，听你说话还顺点耳，来吧！我看你能把我咋的。"

进院后，他就骂骂咧咧地说："看吧，房子要倒了，园子荒了，粮也没了。孩子是指定要生。罚，相中啥就拿啥，要我命都给！"进屋后，他把炕上的一件破衣服一把甩一边去了，露出来一把尖刀和一把锋利的斧子。两个女干部吓得往后退了一步，所长没有说话，把我一下子挡在身后。我装作没事的样子坐在他家的炕上。

死不怕的妻子坐在炕上，面黄肌瘦的，肚子鼓鼓的，脸上挂着泪痕。我猜她肯定不愿意再生孩子了，只是惧怕丈夫而已。我只好没话找话，用关心的口吻问："老大嫂身体咋样？"死不怕说："别扯那些没用的，有屁放！"我说："老大哥，你还不知我为啥来，就生这么大气呢！"他想了想，说："你不是书记吗？来，我和你单独谈谈。"我说："行！"他一摆手，我跟他到他家的东屋，那几个人要过来，我也没让。

死不怕打开东屋的门锁，我和他进了屋里，他转身把门从里边插上，手里抄起一把铁锹，说："我活够了，生了孩子我也养不活，我就是要整你们。你今天来是不是非要我妻子做人流？说！劈了你！"我若不动，他举锹就可以结果我；我若反抗，说不上谁去见阎王了。因为我毕竟年轻，还会点拳脚功夫，而且那屋又有警察。不过，我要是那样，就把计划生育激化成了刑事案件，他这个家不就散了吗。我稳住他，试着感化他，微笑着对他说："老大哥呀，你咋这么糊涂！我是为了工作而来的，咱们个人之间，没有冤仇；换一个别人来当我这个角，他不也得来找你吗？你打死我容易，因为我不会还手；我抓计划生育可不是为了逼人犯罪。你要不心疼老大嫂，那就生吧！"死不怕心有所动，虽然一言没发，但把铁锹扔到了一边，然后又把门打开。

我出去后，招呼那几位说："我们回去！"

那几个人半路上问我咋谈的，我如实说了一遍。所长遗憾地说："你看，你咋不喊我呢？"我笑了，说："我要是喊你，这计划生育就不用抓了：今天就得减少几口子人哪！""那咋整啊？"两个计划生育员焦急地问。我说："咋整？车到山前必有路。"

一天过去了，两天过去了，第三天我吃完晚饭，自己独坐在办公室里看报，房门突然被人推开，外来人都敲敲门，来人没敲门，我以为是通讯员打扫卫生，头也没回。"书记忙着呢！"我一回头，原来是死不怕来了，他没等我让座，一下子就紧挨着我坐下来，说："我翻墙进来的。"他那意思是告诉我他是偷着来的，没有人知道，有私密话要说。果然，他说道："你走后，好几天也没派人来，挺够意思。我想通了，让媳妇做人流！不然的话，上边要是把你免职了，我对不起你呀！"他用狡诈的目光看着我，"可是，得给我点好处。"然后，他说要人流费、护理费、几年前对他超生的罚没款退赔等，数额比政府对他的处罚还大。

超生还有理了，他成爹了。我气得喘气都短了，强忍住火，想了想说："老大哥呀，你现在和我说不上了。为啥呀？那天我回来，就把你的户口从乡里提出来了。不然的话，你一超生，就得挨罚，都穷这样了，再罚，这辈子还能翻身吗？户口出来，你就不是本地人了，你自由了；随便生吧，谁也罚不了你了，也帮不了你了。”死不怕有点坐不住了，说：“你这不是违法吗？”他在指责我，我故意理解为他在关心我，小声地说：“嘿，别让人听见！你连国策都不在乎了，我还管它什么法不法呢！为官一任，造福一方，我能不替你想想吗？你说对不？”他一副哭笑不得的样子站起来走也不是，留也不是，突然冒出一句：“你这招可够损的了！把我当鞋甩了！”“老大哥，你不领我情？”他一下又坐了下来，呜呜地哭了。我问：“哭什么？你要留恋这块宝地，可以不走，何去何从，都是你说了算？”

心语：死不怕以为我要保乌纱帽，必然和他做交易，可是他听了我的话，像泄了气的皮球般走了。没过几天，他主动找到大李子和小李子，同意让妻子做了人流。

我擅自给人家把户口提出去是违法的，不过我压根就没有把他的户口提出去。户口的手续他连看都没看见，就信以为真了。凡是心存不良的人，总以为别人也什么都会干出来！

砸扁“铁老大”

乡政府紧靠铁路，火车站距离乡政府有五分钟的路。人民铁路为人民，可是一些工作在铁路上的人却忘记了这个宗旨。老百姓说他们是“交不下，离不开，惹不起”的人。因此，乡政府和铁路尽管离得这么近，却有点“鸡犬之声相闻，老死不相往来”的味道，乡里多少还有点惧怕他们，因为企业离不开他们：往出发砖，从外进煤，事也很多。但怕也不行，一方政权总要为一方人民做主，遇事躲不开的。

一天，一件事情使乡里和铁路之间达到了白热化。这是“铁老大”的自大引起的。

我的家在县城里，平时不跑通勤，而是住在乡里。这一天，已经是夜里十点钟左右了，一个二十多岁的小伙子跑进党委办公室，上气不接下气地说，他和女朋友在车站等车，车站的一个男青年职工把他的女朋友劫走了，向车站的男厕所方向去了，他喊车站的人，车站的人不管。

火车站近邻四平，流动人口相当多，但由于是个小站，公共设施不好，入夜连个路灯也没有，候车室只有一盏幽暗的电灯，等车的人都在屋里和屋外站着，晃来晃去的黑影，弄不清哪个是旅客，哪个是伺机作案的家伙。白天还行，到了晚上，没有一点安全感。

我分管司法，当然应当负责。我立即让派出所到现场去，随之拿起电话找站长，请他协助派出所办案。那站长的话能把人气倒，他说：“我们归铁道部管，你没有权指挥我。”我说：“事情发生在站内，你有责任协助处理。综合治理是全党的事，你怎么能不管呢？”他说：“车上出事有乘警，地面上出事抓住了算；没抓住，望风扑影儿，我没工夫理你！”我没法再跟他说下去，放下电话，就给他们的主管局公安处打电话，公安处把我推给了他们的组织部门。次日，电话找到他们的组织部门，人家说这是治安防范的事，应当由地方上协调，都在“护短”。

次日，派出所领着受害人指认并逮住了作案人。我呢，当然不会任这个站长放肆下去，决定想办法增强他综合治理的意识。

乡里几个砖厂的领导听说我要归拢这个站长，纷纷来给我提供情况，反映火车站长如何向他们索贿，不按他说的做，他就不给车皮等。他的所作所为，完全够收拾的了，可是冷静一想，这样做太不仗义了，打锅论锅，打碗论碗，他若真有违纪的事，自有他本系统的纪检来查处，我要的是扭转他不配合当地综合治理的观念。于是，我让派出所通知他们铁路职工，一周内把户口全都转走；又告诉学校，让铁路的子弟在一周内全都转出乡里的学校；又告诉粮管所，让铁路一周内把粮食关系转出去；并告诉各村，凡是铁路职工家属，有耕地的也一律收回。

为什么？因为车站归铁道部管，当然也就不能在地方受益了；因为车站不协助地方的综合治理，地方无法保障他们职工的安全；因为车站也不抓综合治理，地方要消除境内的不安全因素……这站长慌了手脚，这时他才知道自己有这么些地方离不开乡政府，才知道乡里还有这一招。

他们职工纷纷指责他自高自大，给大家带来了困扰，逼得他团团转，不得不到乡里心悦诚服地认错，而且还和乡派出所签订了“综合治理协议”。

从那以后，我每次回家上火车，这个站长都要先和我打过招呼才给列车摆旗。我怕误了他的工作，总是悄悄地上火车。看着他的在我面前唯唯诺诺的样子，我有许多感慨，本该相敬如宾，礼让协助，只因把自己放在一个根本不存在的高台上，结果跑到不如先前的地方去了。

茶馆牛皮匠

一周休两日，电视看腻了，书也看累了，寻不到什么活了，待得无聊，索性跟妻子请假，好在妻子赏脸，允许我出去会会狐朋狗友。我拿起电话约了刘三两。刘三两是我的战友，不过可不是当兵的战友，而是酒桌上的战友。虽然不是战场上的生死之交，但钱越用越薄，酒越喝越厚，我们俩和别人在一起喝酒的时候，他总是保护我，因为我只能喝二两，他却有三两的量。我仰仗他的关照，少遭了许多酒罪。

这年头，男子汉大丈夫离不开酒，也就离不开这样讲义气的哥们儿。

我和刘三两在小馆里畅饮一番，再也吃不下什么了，可又不愿意马上归家。我俩有同感，走出家门就像小鸟飞出了笼子，在外面是天高任鸟飞啊！

上哪消磨这无聊的时间呢？

我说："那我们就逛夜市？"他说："不愿走动。"我说："那我们就去看二人转？"他说："二人转不适合我们俩。"我说："那我们就去茶馆品茶吧？"他说："这正合我心。"

茶馆里面坐着不少不愿夜归的人。

我们品着茶，天南地北，说风论雪地闲扯。很快，那屋子中一位大嗓门的人立即吸引了我们的注意力。

那人与几个被酒烧红了脸的人说："哥们，你们都是狗屁！我不是和你们扔大个，我是没白当一回人啊！钱啊，生带不来，死带不去，我视金钱如粪便。钱是越花越涌。这两天，你们猜，我干进去多少？初一那天，输了这些：两个数！什么？二百？两千！第二天，进去三个数：三千！第三天，玩到半道儿，我没电了，我掏出手机找我哥，我说哥呀，赶快送钱来！不到半个点，他打车就到了，带来五千元，我哥不开买卖，可钱有的是。点儿背，我整进去好几万元。天生我才必有用，千金散尽还复来。你问我一月挣多少钱，要指工资得饿死我，嘿嘿，别问了。老婆管我？前天我玩到后半夜一点多，饿得要死。我给老婆打电话，让她送饭菜。她打个车，不一会儿就把饭菜送来。单位领导管我？他有那胆吗？他还想不想要乌纱帽了？嘿嘿，哥们，你还别气，我就这么样！你说啥？我吹牛？你真是二百五！有事好使，我也不和你们说了，不少事，你们少见多怪，我不行了，没少喝，得去洗个澡，按按摩，再睡个觉，走哇，我请客，哥们有钱，没钱不断了血吗……"

我和刘三两，还有屋中人都压低了说话声音，我虽然也在那幢办公大楼里，却不认识他，不知他是什么人，反正说的似是似非，真假难辨。我问："刘三两，此人所言，你有何感想？"

他说："我刘某不是侦探，难断此人真实之身份，但对文学理论略知一二，文学来自生活，源于生活，刚才那小子说的若是一派胡言，那也不是无源之水，无本之木。你说呢，英雄与我之见可是略同？"

我说："我是一个书呆子，除了怕老婆外，就是相信报纸广播，那上边讲的和他说的不一样，不过，那小子吹得我糊涂了，我脑袋有点疼，咱们还是回家吧……"

羊倌

改革之年，下乡与几个官场的朋友相遇，同桌共饮，职务比芝麻粒还小的官，谈的都是怀才不遇的遗憾和自己有朝一日手握重权时该如何用人的梦。

酒桌上白酒、啤酒、彩酒混喝，那谈的话也就正的反的、荤的素的全来了。

年长的司机老黄说："老弟，你们都想当官，我出一道题，看你们若真的当上官那一天，会不会用人？是不是那块料？我讲一个故事，你们听。"

从前，有一个牧主，他让自己的弟弟当管家，他自己忙着抽大烟、找相好的，无空过问家中的事，只是年头年尾看看账，听听羊倌的口头介绍。管家的是个贪心的小人，看到这哥哥的羊群，也有了安排。他把年老的羊倌换下来，要选个新的羊倌。想当羊倌的人多得是，来了许多报名的。有一个青年人来了，管家问他有什么本事，青年人说："我会查数，羊缺了我知道。"管家说："你走吧。"又来一个中年人，管家问他："有什么本事？"中年人说："我查数快，您突然放一群鸟到天空，我可以在您快马加鞭地跑出百米时数清您放飞的鸟。”管家说：“你也回去吧！”又来一个笨人，管家问他：“你有什么本事？”他说：“我虽然只会数三个以内的数，但做啥都认真。”管家把一群羊赶来，让他把羊归进圈中。笨人用手指着羊说：“进去一头，又进去一头；进去一头，又进去一头……”管家问他：“到底进去多少只羊啊？”笨人说：“打头的进去了，末尾的也进去了！”管家让他去看护正在生产的母羊，之后问：“母羊生了多少羊？”他说：“这我不知道，不过，我是一直等到它肚里空了才离开它的。”管家说：“你确实令我放心，因为认真，凭这一条，就先试试吧！”笨人去放羊，到了山上，两只头羊争风，一群羊分成两群。回到家后，笨人乐呵呵地告诉管家：“托您的福，我早上出门领出的是一群羊，回来变成了两群羊！”有一天，两群羊中的另一只领头掉山崖下摔死了，两群羊就归成一群羊了。笨人找到管家大哭，说：“咱们的羊少了一群！”羊多一群的时候，管家夸奖笨人；羊少了一群的时候，管家的安慰笨人。笨人知恩图报，吃苦耐劳。我说几位老弟，你们若是管家的，会选啥样人放羊呢？

有人说用会数数的就行，有人说用那数得快的，有人说用那笨人。黄老兄说：“你们啊，不怪没当上官！你想，那位甩手牧主，从不会从笨人的口里问出什么让他不放心的消息，管家也从来不怕笨人说出羊增减的情况。而实际上原有的羊在渐渐减少，年年母羊下的羊也都变成了亏数。唯有管家一天比一天增膘，笨人一直没有被精减掉！说你们怀才不遇，你们要糊涂起来看看，说不定就上去了，否则，还说不定以后的路途呢！”

那几位老兄都似有所悟，因为他们先前都在为自己碰不到伯乐愤慨，此时却又担心因为聪明而前途漫漫了。

突然，黄老兄对我说："你们的工作完事了吧？"我点点头。他又问："这次做啥呢？"

我的脸红了，因为我当了十多年的办公室主任，一直没有任何变化，这次还是没有变动。不是我的水平高啊，是我身上有那放牧的笨人影子……

到底谁是精神病

今天，天上云一会儿集，一会儿散，一阵雨，一阵晴，妻子的老妹子小平让我去老城的老宅取花。我到那里，被雨耽搁了一会儿。雨停了，我用两个土篮子把四盆花挑回来。

路真够泥泞的了，脚直打滑，一打滑，鞋面就滚到脚底下去了。不少人都好奇地打听我“花是买的还是卖的”，我为了了解这几盆花的价值，就说“卖的”。两个小姑娘问我多少钱一盆。我说“五块。”她们说：“多贵呀！”我说：“那就两块五。”她俩说：“若两块五就买那盆对红。”我不过是试试而已，哪敢把小平的花卖了呀？吓得我赶紧快步走了，那两个小姑娘也没追我。

快到岳母家门口了，我站下来休息，一个十四五岁的小姑娘一脸怒气，我在想她为什么会这样不高兴呢，不妨让她高兴一下。人家都以为我是卖花的，于是我问问她想买花吗，我说：“你看这花多好，想买吗？”这一问竟然捅了马蜂窝，她怒不可遏地反问道：“我买你花干啥？走开！”

我没有生气，觉得可笑。我还没有遇到过这样不会说话、不懂事的人呢！这时她又说：“你快走，瞅啥呀！吓死人了！这里没人买你的花！”

真气人，好像我是一个怪人，我还以为她是精神病呢，或是一个有问题的人！

这小姑娘的心态不好，听到善意的话也这样不友好。如果她遇到一个坏人，她今天不是要惹麻烦吗？

人的欢乐和痛苦往往都是自取的，她最初脸上那股怒气，我想恐怕也是她自找的。因为一个人的心态决定环境，我心里这样想，没想到她竟开口对我的背影说：“精神病！”

是她有病呢，还是我有病呢？我苦笑。

抓 赌

很多年前，翟万录在乡当党委副书记。一天，有人向他报告新兴村王大友屯有人赌钱，他领几个人去抓，当时玩的人听见狗叫，就把灯闭了，窗上挂大毛毯子，头朝下躺着，不出声。

翟万录到院里一看，嗯？怎么不对劲儿呢？说是这家，怎么睡这么早？没有一点动静？他屋前屋后看了一遍，只见房的墙根有好几泡尿，全是新尿窝子，就问跟着的人："这家几口人？"那人回答说："就两口人。"翟万录说："两口人不能尿这么多尿，看这样子这屋是有耍钱的。"他站在窗前听到鼾声四起，心想：这家人睡觉怪呀，五六个人全都打呼噜？越听越假，推门便进去了，结果抓到的全是公社干部，还有一个生产队长。翟万录也不难为他们，让他们自己捆自己，到乡里示众。

二十年后，翟万录从别的镇委岗位退下来了，到了曾被抓赌的这个乡任督导员。当年被他抓的小队长在乡政府任财会助理，还有一位当了副乡长，在饭桌上谈起来，往事都成了笑谈，因为如今打麻将耍钱已经成为全社会的普遍现象。

他为自己当年的认真反而感到愧疚了。难道社会道德也沦丧了？

我陪讨饭花子喝酒

那一年全国性的洪水泛滥，我在乡下工作，刚从辽河大堤的抗洪抢险工地上下来，准备回家休息。妻子上班了，儿子去了托儿所，我自己一个人在家整理，突然有人敲窗户，我一看是一位六十多岁的老人，背着破包，一手拄着棍子，一手扒着窗向屋里看，轻声说："大兄弟，我是要饭的，能给我点东西吗？"我马上走到门边，打开房门请他进屋，他说："大兄弟，我一个要饭的，不进屋了。"

我才三十一岁，面对这样一位与我父亲年龄相仿的老人，哪能和他称兄道弟？我说："大爷，您这么大年纪了，不能因为要饭就降了辈分，别叫我兄弟！"老人自卑地说："我是一个要饭的，人能拿我当人就不错了。你这小伙子还称我大爷，是一个好孩子。"

我把他请进屋，他说还没有吃饭，我说："正好有炒菜，我给您热吧。"他说："热啥，能吃上就谢谢你了。"我还是把菜给他重新炒热，他说会喝酒，我又给他烫了白酒；他说有点感冒，我给他找了药，又送他一些药。

我坐在他身边，听他叙述要饭的原因。老人的家乡遇到洪灾，他先是让儿子出来要饭，儿子年轻，所以没有人相信他真的是要饭的，不愿给粮、钱，还说一些难听的话。儿子回家，哭着说饿死也不去要饭了。没办法，老人自己出来讨饭。

我听了很是同情，临别送他几块钱，我说：“大爷，这段我休息，你去要饭，有困难再回这找我。”老人很不好意思地说：“孩子呀，我哪还有脸回来，你这样的年轻人真少，我若活着再来，走得动爬得动，再来就是报恩了。”老人走了，从此以后我没有再见到他，也不知他和他的家人的生活状况如何。我不愿锦上添花，但是我愿雪中送炭。

一次大年初一的夜间，我与妻子走在街头，家家关门包饺子了，街上很少有行人了。这时，我看见一个捡破烂的，这个人与我年龄相仿，四十岁左右，他的穿戴比旧社会讨饭的叫花子还要差，脸像锅底一样黑，好像一生没有洗过，只有牙和白眼球是雪一样白。他收过旧书，在街头售过旧书，不知为什么又沦落到垃圾箱里找宝了。我让妻子等一等，我说我要去给他钱。问妻子要了十元钱，我走过去，送给他。别看他穷、脏、丑，却是一个有骨气和自尊的人，接过钱，瞬间要说感谢的话，随之便没有话了。他可能是怕我妻子瞧不起他，或是妒忌比他生活得好的人。不再理我。这个人，房无一间，地无一垅，无妻无家，有时住街头，有时睡桥下。但是他却读了很多书，包括看过我写的一本书，面对面地给我肯定和批评，他的知识和见解很让我惊奇，是一个有文化修养和独到见解的人。有时在大街上看到我，当众称呼我的姓名，和我打招呼，有时他在垃圾箱边坐着喝着不知从哪弄来的酒和菜，看见我就请我来喝。我当然不会，有时我怕行人看到他和我的关系，不理解，我红着脸谢过他，就赶紧躲开。

妈妈生前总说我傻，管我叫大傻儿子；妻子管我叫傻子；我当兵时指导员讲过：只有卑贱的思想，没有卑贱的工作。

我想，人只有卑贱的地位，没有卑贱的人格，人在上帝面前灵魂都是平等的。

副县长多吃最后一只虾的理由

张某是副县长，1984年10月6日他带领有关人员到康平参观外市镇开辟经济区回来后，在县里召开了城镇工作座谈会，会后由昌图镇在远香村安排伙食。远香村的厨师手艺高超，加之这顿餐有山珍海味，饭桌上酒过三巡，上来一盘红烧对虾，每桌八人，每盘九个对虾，每人夹一只后，盘里还剩一只虾。人人都有吃那虾的心，但是拘泥于情面，不好意思去夹。张某也想吃，但是他要吃，在众多下属面前又不好意思，于是他的眉头一皱，便去夹对虾，一边夹一边说："今天我多吃这一只虾，有两个理由：一是这厨师手艺太高了，味道鲜，太吸引我了；二是我年纪最大。"

县政府办公室主任说："论年纪我最大，我五十八岁了，你才五十五岁。"意思是这个虾应该归他。

张副县长自觉吃虾的理由不够充分，连忙补充说："还有一条更重要的理由，就是各镇长表示一定要搞好小城镇经济建设。我太高兴了！所以我吃这个虾！"

李春主任默默无言了，大伙一笑了之。

当时的酒桌上，张副县长的官最大，吃虾的理由是因为他是副县长，其他人都是下属，又不好意思这样表述，被办公室主任逼得说出了第三条理由。谁会为各镇长的发言而高兴呢？当然只有副县长了，他的言外之意也就是在宣布：只有她才有资格吃这个虾。

当干部的下乡或开会时，遇到吃饭时想吃什么又不明说，这是当时的一些人的普遍表现，除了怕丢面子外，还怕背上要吃要喝的罪名，副县长在酒桌上想要多吃一个虾，也在寻找一个体面的理由。

我认识三个有钱人的结局

人人都盼有钱，有钱很好，可是我认识的三个有钱人，却是或疯狂了，或是自己活够了。

一个是南方某省的企业家，他钱多了，但是因为一些事情被逮捕了，所幸没有什么问题，至今这位企业家近乎隐姓埋名般生活在他出生的小县城里了。第二位有钱人，是某市的一个房地产经纪人，四十多岁，钱多得活够了，于是离家出走，走遍全中国，想走够后一死了之，但是最后被北京家庭剧场节目组的采编人员收纳，从此自称看破红尘，把头发留得比女孩的披肩发还长，成为一位怪人。

还有一位有钱人，在新中国成立前在上海给英国人打工，赚了五亿人民币。新中国成立后不敢用，改革后，他取出这笔钱，但是不知咋用。于是把钱捐给希望工程和敬老院，媒体大力宣传这事，有人采访他，还有人给他写传记。他自己也晕了，如今活到八十岁了，自己认为是国际名人了，现在都不知自己是谁了，认为自己是“中国第一名人”！因为编了几本企业录和别人的画册，在墓碑上刻了“中国第一著作人”，巴金等一代名流也不敢这样做，他却狂了起来。

三人共同的特点是，都想让我给他们写一部书，可是我却推辞了。其中直辖市的人，不久亲临我的家，流泪让我写，我还是找借口推辞了。

人无论穷富，都想千古留名，变成另类的人后，仍然名利心不减。

这是我认识的三个有钱人，钱多了是福是祸？谁能说得清！

男人进了女厕所

20世纪80年代，闫某一次外出在汽车站等车。他要去解手，这时车也要出发了，附近有一公共厕所，因年久失修，也没有男女字样，他着急，也不问一问就进去了。刚进去，身后进来一位妇女，质问他为什么进女厕所。他匆匆解罢，装聋作哑地往外走，妇女哪里肯让他轻易离去，非要和他理论一翻。

闫某心想，这女人太无聊，我们同进一个厕所，都是见不得人的事，没人知道就算了，我没看见你的，你也没看见我的，不了了之得了吧，你还追出来嚷，真是无耻！

面对围过来的许多人，闫某无奈，急中生智地说："我进女厕所了，但是我不认为有错误，因为我有三条理由：第一，这厕所没有男女字样；第二，我先进去的，你如果不想进，你可以不进，进来了，你可以蹲你的坑，我用我的坑，互不影响；第三，我没有看你不该看的地方。"

周围的人哄然大笑，那女人满面通红，无话可言，从此闫某得一雅号——闫三条。

为弟取档案的姐姐

1980年11月，我到开原运输公司搞外调，在政工组遇到一件事。政工组长长得中等个子，四十多岁，胖乎乎的，围了一个棕色的围脖，戴一顶黑色单帽子，大饼子脸，眼眉很浓很直，像一条笔直的地平线，两只眼睛好像两只头冲头的蝌蚪，伏在眼眉下。他的脚上穿黑色的家做的棉鞋，显得文静，一副教师的气质，果然，有人说他是老师，据说他因为一次救大火有功，被有关部门调进运输公司做了政工组长。

一位二十七岁左右的女同志推开门问："王组长在吗？"政工组长说："我就是！"那女人说："啊，您是王组长！我弟弟调走时没来得及带档案，他让我来取，今晚上的火车，让我给他送到火车站，他自己来不及了，那边单位等着要用。"

王组长说："那不行，这得组织上寄，或派人送。"

女人说："那封上我带呗！"

王组长沉思了一下说："这是规定，明天派人送或寄去，不行吗？"女人不同意，又说了不少好话，还是不行，便出了门，边走边自言自语地说："一个档案，有什么了不起的，还打官腔。"

不一会儿，党支部书记来了，对王组长说："那档案让她带去吧！"王组长说："有规定，不让带！"书记说："年轻人，也没啥事，出不了漏子，让他姐姐带去吧！”

那女人站在一边，王组长觉得没面子，搬来书记压人，身边还有我和别人，脸色有些不好。不办，怕伤了书记；办吧，下不了台。书记大概也看出他的心理，于是便出去了。女同志说：“我太急了，麻烦您了！”

王组长的思想可能在斗争着，他沉默了一会，掏出封条，说：“办就办吧，麻烦我啥。书记让办，有事书记负责呗！”把档案交给女同志后，王组长说：“今天要换一个人，或十年之前，我都不给你办。你把书记找来，拿领导压我，你太年轻了！我不和你一般见识。你出门还说‘档案有啥了不起的’我要是较这个劲儿来，偏说‘它就了不起，看你能咋的？以后办事可别这样！’”

女人脸红了，说：“我太着急了，说错了。”说罢便告辞了。

人生难免遇到坚持原则办事又遇到领导干预的候，这个王组长还是很会自己圆场。

巧选乡长

1987年乡换届选举，副乡长必须有差额选举，差额选举就是找一个非副乡长做候选人，让这个候选人做落选者的接替人。这是法律规定的，可是组织部门又害怕真有落选的人，组织部门要做工作，保证原来的乡领导当选。否则就认为是选举出现意外，视为不成功，但是还不能否定代表的选举成果，因为选下来的干部总是不好安排，后患很多。

昌图县某乡党委定组织委员当差额，这个候选人很可能把上一届副乡长给替下来。选举前党委书记找组织委员谈话：“老大哥，这次你是‘差额’，你的水平高，威信也高，要选你肯定选上。不过，咱们要是把那个副乡长换下去了，我这当乡长的也丢脸。所以你得帮老弟一把，选举不让你当差额又不行，让你当差额，但你也别活动，也别非要当选不可。将来提拔，只要我不走，肯定提你。”组委很高兴，表示接受党委书记的谈话。

等到开选举预备会时，乡长说：“选举有差额，这是法定的，谁也改不了的，咱们这个差额是组委，他威信高，不比我低，但是组委找我谈了，主动说不当这个差额，组织上实在让他当，他选上乡长也不当，既然这样，我看就别难为人家组委了，多投别人几票吧！组委的提拔，日后党委要负责。”

乡长这么一说，乡长没落选，组委也高兴。

乡长当选后说：“此时，各乡的选举在进行中，已陆续有落选的人，各乡都有文化低、威信低的乡领导落选。”

选模范

办公室主任宣布："局里要求大伙在全局选九个同志为劳模，出席地区局劳模会。"

郭会计："去年选六个，今年又多三个，哈哈，去年都选谁了？去年选谁，今年还选谁呗！缺了往上补。"

副主任说："去年有张三、李四、王五、马六等。"

会场寂静，无人发言，而且人人都不准备发言。

绰号叫大虎的司机发言了："我看咱们办公室的人都够，就是名额有限，太少了，不然咱这屋里的人都能当劳模。"

张三说："我不行了，今年搁郭会计吧！"

郭会计说："别搁我了，今年搁张三吧，往年轻人身上用劲，让那些有上进心的当吧！"

李四说："我说两句，咱说局里这一欠考虑，选劳模只选干部不对劲儿，你说这三个开车的司机吧，哪次现场不是他们把人送去，起早贪黑的。反过来，我觉得应当给他们算一份。至于评谁，我先不说。车队长也在这呢，你们几个再琢磨琢磨。再说，主任和副主任二位同志一年工作挺辛苦，办公室工作成绩哪能少了这两个主任的心血呀？反正我看你们两位出一名劳模，至于选谁？你们俩也别谦虚，得搁上一个。刚才大伙议论，去年谁当劳模了，张三和郭会计去年都是，今年干得也挺好，也别谦虚了。”

选举结果张三、郭会计、李四当选。其实李四很难入围，就因为他的发言赢得多人的心，选举时他竟然当上劳模。从发言可以看到说话的艺术，会决定人的命运！

主人夺下客人的酒瓶子

1982年的一天，昌图县某公社的党委孟书记接待来公社的市水利局副局长。这位副局长四十多岁，是一位读过大学的文化人，孟书记的公社有水库，想好好接待他，希望得到他们的水利建设费。

孟书记在食堂款待副局长与随行的人。孟书记爱喝酒，喝完酒就去睡大觉，这时，每人约喝半斤白酒了，孟书记也不知对方到底能喝多少酒，说再起一瓶白酒。

那位副局长说："再喝多少都行，咱喝归喝，喝完了不许吐，不许睡觉，该研究工作研究工作。要喝，别启一瓶，咱每人再来一瓶白酒，你看咋样？"说着用牙一咬，咬下了一瓶昌图县的名酒——山雁白酒，瓶盖叼在嘴里，又啪的一声吐在地上，好利落。孟书记也已经到量，但他的心里明白，知道人要是招待不好，酒喝不足，是办不成事的。他见副局长这样，将信将疑，如果说不喝了吧，怕人家挑理；说喝吧，怕把对方喝多了，事后人家不高兴，就倒霉了，于是试探着问："你真能喝，还是假能喝呀？"

副局长说："实不相瞒，我自己平时独饮一斤白酒，有几个人凑在一起，我高兴了能喝上两斤白酒。我要是喝不了，这桌酒席，你说多少钱，我掏多少钱！"说到这里，话锋一转，说，"你要不信，我先喝一半给你看看。”没等别人反应过来，他已经手捧瓶子，像喝饮料一样，一口气往下喝了。

孟书记可害怕了，上前就去抢瓶子，甘为下风，喊厨师上饭。

孟书记回到办公室，对秘书无限感叹地说：“酒是敬神敬佛的，各路活爹也离不开它。天天喊不让大吃大喝，实际上，能喝的不让人喝，是瞧不起人家；不能喝的让人喝，是戏弄人家。”

借为别人说情之机泄愤

县政府办公室秋季分大葱，我帮办公室的人把葱拉回机关了。股长对我说：“我和总务股的老刘说了，你一会跟车往各家送葱！”然后他话题一转说，“你自己的葱就用自行车驮回去吧！”

我一听很生气，可是我是股员，年纪又小，不敢顶撞他，心里发牢骚：“我帮你们送葱，轮到我了，却让我自己驮回去。”

这时股里的王女士说：“你不往回驮！累了大半天了，不给送？不对劲儿！”

我知道王女士的家住得离机关远，也不想自己往回运葱，她替我说话，其实是为她自己说话，因为给我送葱，也必然会给她送了，若不给我送，她的也就没有人管了。

我用不满意的口吻说：“不驮咋整？没人给送！”

股长本来是不想给她送葱的，但是此时躲不过这个话题，问：“小王，你自己能拿回去吗？”

王女士没有吭声，刘老干部却说话了。刘老干部五十多岁了，平时不下乡，因为分工是搞统计的，天天只能在办公室接触人了，而经常在办公室是王女士，王女士不用每天下乡，于是刘老干部和王女士成了知心朋友。刘老干部现在的妻子是后娶的，他在家是“妻管严”，在单位也特别

“崇敬”女人，这时他抢着话说：“她拿不动！那好几十斤的葱，自行车咋驮呀！”

我既不愿听刘老干部讨好女人的话，我也不愿意服从股长的不公平安排，借机说：“王大姐住的地方也顺路，哪能差她呢，一样送葱，就给王大姐捎回去呗！”

股长没办法，不好推辞，又找了总务股，把王女士的葱也送去了。至于我的葱，没有人给我送，但是我也使股长受到了折腾，虽然那是他自找的，明里是给王女士说情，实在是为自己发牢骚。

人间的话，表里如一的时候也有，但更多的时候，大概都是指东说西。

请别打扰我的梦

我是小城机关里一个跑腿学舌的小吏，当初，我学的专业是管理干部的专业，在这儿可倒好，成了勤杂员，天天守电话、分报纸、给领导点烟倒水，聚餐轮不到我，轿车也轮不着坐，在外受人使用，回家被老婆奴役着。没啥能耐，总想出人头地，又暗自失望。

想下海，没有本钱去做买卖；想找门路，又没有敲门砖；想进官场，又没有能耐。我是个倔人，就不信天生有才的我会没人用，老天爷饿不死瞎鸟儿，我不信飞不起来。于是，我抓奖券，说不定哪天走字儿。如果中了奖，我就能成为管人的人。我当了官，不贪不沾，不赌不嫖；干好事，干实事。下岗的人，我安排他就业；读不起书的人，我送他上学堂；孤贫老人，我安排他入老年公寓；别人来送礼，我给他悄悄退回去，也不声张。为官一场，我即便做不到流芳百世，也不能做一个背着骂名的有权人。

说干就干，买奖券！

心诚则灵，功夫不负有心人，我背着老婆花一元买了一张彩票，兑奖号和报纸上的二等奖号一致。哈哈，我中奖了！我中奖了！我差点乐昏，突然清醒：中奖要保密，哪能张狂呢？赶紧揣起来，去翻当天的报纸。那报上有一条好消息，说社会风气从今日好转，将从此任人唯贤，想当官，凭德才，如果有人凭他途入仕途，一经发现，绳之以法。这时，电视也播放着重要新闻，说改革已经开始，一切所学非所用的人都要到能发挥自己的专长，到适合的岗位上，人尽其才。

这下子可好了，我这个青年干部管理学院毕业的高才生，要发挥专长，找适合我的工作岗位，还用说吗？就是当干部啊！报纸和电视上说的还能有假吗？我抓的这奖省下了，用不着拿它了。哈哈，省下了！唉！风气好转了，我也得饮水思源了，做点弘扬好的社会风气的事。这么多钱干啥？去捐献给哪儿呢？敬老院？希望工程？灾区？或帮乡下的穷光蛋说媳妇？对，就这么办！

说办就办，几十万元这样一撒手就没影了。由于我的奉献，还成全了好几位领导。他们因为对我教育有方，升官了。接着，我的荣誉也来了。我一步登天，成了一方的领导干部。这一天，政府的大礼堂为我个人召开表彰大会，省、市、县的领导给我披红戴花，天真的少先队员跑上主席台给我扎上红领巾，突然，一位年轻美丽的女歌星不知从哪跑上台，照我脸上就是一个吻。我一仔细看，原来是嫌我穷，嫌我无权，另嫁他人的妻子。好，我也不和你一般见识。知错就改就是好同志，若是对妻子的背叛都不能原谅，还能容人吗？我按捺不住激动的心情冲了上去，去拥抱前妻。

“你这小子，睡觉不老实？！把我挤哪去了？”我一下让人推了一个头碰墙。

我疼得去摸脑门，一下子睁开眼睛——原来这是午休，我和食堂做饭的老李挤在一张床上睡觉呢。方才的一切是梦。

我抱怨老李搅了我的好梦。

老李听了我的梦，很是愧疚，说：“老弟，真是对不起啊！人生不就是一场梦吗？白天我们办不到的事，梦中实现了也行啊！日有所思，夜有所梦；梦有所思，日有所为。这样的梦天天做下去，生活中也就会有梦的影子。”

说得对！从那一天开始，我在睡觉的地方贴上一张字帖，上面写着七个字——请别打扰我的梦！

吹笛的下岗工人

七月的晌午。一曲悠扬悦耳的笛曲《我们走进新时代》从远处传来。回旋在上镇，让我心驰神往。

在20世纪的70年代，生产队在青年点、工厂、军营，随处可听到笛子、二胡、小号、口琴等乐曲。现今，除了练歌厅、酒店、录音机、电视机外，很难听到歌声了。这熟悉而久违的笛声，引我走出楼房，去寻找吹笛的人。

吹笛的人是一个三十多岁的蹬人力车的人。据说他是下岗职工，所以不得不蹬人力车了。他穿着污黄的白背心和老式的褪了色的的确良军裤，骑在自己的车上，用脚击打着地面打拍子，吸气吐气地挺动着上身，在许多围观者中，如处无人之境，忘情地吹着笛子。

笛声像一双美丽的翅膀，把我的思绪带到北国的田野，南国的竹林，西部的海边，带入美好的明天，带入了诗情画意的境界。也使我忆起十几年前看到的一幅油画“明天”，画面上是红军长征的身影，红军长征的路上，老班长坐在草地上，深情地吹着横笛，红小兵伏在他的肩头，沉浸在幸福的想象中。他们面对的是痛苦，坚信的是胜利，也许他们永远也没有走出那雪山草地，或许他们就是靠着这必胜的信心走出了雪山草地，无论如何，他们在饥寒交迫中，把乐观的情绪传播给跋涉中的战友，他们的伟大与存在的意义，已经不局限于他们自身走出雪山草地了……

笛声，沟通了人与人的心灵，围观的人静静地听着，把路边唯一的一小片树荫让给吹笛的青年，让他在绿树下，在凉爽中吹奏。这场景，真像一幅新时期的油画——明天。

走向新时代，明天的生活是美好的，一切都是崭新的。但前提是人人要放下旧的意识，有一个崭新的人生观、幸福观、金钱观。否则，你抛弃了自己的人力车，即使操纵火箭游太空，与旧世纪的人又有何疑？

人没有钱不行，钱多了也未必就好！一个人活着，劳动着，就会有他该有的一切，没有得到的就是非分之想。想给子孙积下丰富的金银财宝也不能说是过，但是试想，若给子孙积下取之不尽用之不完的财富，子孙还有劳动的欲望吗？还有劳动的必要吗？给子孙留下劳动的机会，是给他们留下创造财富的渴望，也留下繁荣昌盛的路……

笛声，给我带来的已经不是短短的快慰了……

农家乐饭店

镇上的饭店多如牛毛，突然间又冒出个红色饭店。这是我最近的新发现，那一天晚上，朋友约我到农家乐饭店小叙，进得屋来，宛若时空变换，回到了从前——墙壁上挂着毛主席像，贴着“人民，只有人民才是创造世界历史的动力”等标语，象征着丰收喜悦的红辣椒、金黄的谷穗、火红的高粱穗挂在墙上，四壁糊着粉红色的窝纸，北方的土炕横在屋中间，这哪里是下馆子，不是回到了二十多年前的庄稼院吗？

朋友说：“走，咱们到向阳生产队去看看。”他领我向一个包厢走去，我抬头一看，门脸上果然挂一标牌，写着“向阳生产队”。首次来此，却如旧地重游。虽没有山珍海味，尽是家常便饭：大饼子和小豆腐之类，也没有浓妆淡抹的服务员，都是“贫下中农子女”的打扮。

席间，朋友们说着旧时节的话。这个说：“今年生产队的收成不错，找公社说说，咱们多分点膏粱，农忙时焖点干饭吃，省着种地时饿。”那个说：“晚上夜战，大伙累了够呛，求队长开开面，卖点马料换几斤酒呗！”这话，现在听着是戏言，当年可是大实话啊！

我不知这店的老板是否成长在那个年代，但来这里的人却都是奔那个年代来的，而这些人又大都是从那个年代活过来的。苦难中的人不必排演苦难的戏，因为受苦的人就是苦难中的主角，他向往的是美好；幸福的人也不必排演幸福的戏，因为他就是幸福的主人，他怀念过去不是留恋那苦日子，而是要细细地品味今日的甜。

第二次世界大战中发生了巴丹死亡行军，这场战争中，美军被日军击败，七万八千名美国军人和菲律宾士兵向日本投降，投降者被日本兵押送到一百千米以外的多奈尔兵营，八天的行程饿死、累死、渴死和被杀死四万一千人。四十五年之后，幸存者发起了重新体验那次旅程活动。他们不是怀念，而是纪念人生路上那段不死的历程。人的一生要走许多条路，当到达幸福的地段，那曾走过坎坷的意义便有了不可否定性。

事业成功者不应抱怨曾有过的挫折，胜利的将军不应羞于提及曾有过的失败，健康美好地活到今天的人忆起过去的人和事时，不能不想到，正是那过去的一切才使你拥有了今日。

苦酒素菜忆昔年，往事不是东流水。

把噪音转化成美好的乐曲

夏季，午休。局通讯员小方躺在沙发上睡着了，突然，他的手机响了，那声音像消防车的警报，他掏出手机一看来电显示，非常陌生，本地也没有这样的号，他拿起办公桌上的电话问114，114竟不知此号属于何区域。

小方接通手机，二话没说，就告诉对方："你打错了！"口气虽然含怨意，却无敌意，然后便去休息了。

这时手机又响起来了。小方一看，还是那个号，显然，对方是对他刚才的回答不满意，也想回敬小方几句。本以为响几声也就算了，你不接，那边也就罢了。谁知那边人的火气不小，不停地打，这消防车报警的声音好不闹心！

小方索性坐起来，也不关机，说："你响吧，我把手机定个好听的音乐，你不让我睡，我就听音乐。"顿时，手机传出《好一朵茉莉花》的乐曲。

身边的事虽然不能尽如人意，但我们的宽容和智慧将会使我们从不好的环境走入美好的意境。

邻居朱老三

1980年春，我刚结婚时租住城关四队的农民赵书海的西厢房，这个西厢房实际上是一个养鸡的鸡舍，房东在他们的正房西屋还招了一户姓朱的人家。男的叫朱老三，女的叫曹尔新，大概二十八九岁，他们还有一个一两岁的男孩。夫妻两人经常干架。

朱老三长得黑黑的，可能一年也不洗几回脸，头发乱七八糟的，像羊卷毛，三十多岁了，还经常流着鼻涕的，浑身像土驴一样。夏天，屁股上总有两个黑色的圆印，有半个足球大，这是他在外边干活累了，不管是什么地方，都要坐一会儿，汗沾上尘土所以制造出了这样的图形。他的衬衫背上汗渍发白，总是敞开着，露出里面一件黑污的背心，有时啥也不穿，袒露着黑肚皮。是一个说打就打的人。

他和老婆打架，人越多越有能耐。人越劝，他越来劲儿，越拉他越打。

1980年的5月，他和老婆打架。他声嘶力竭，似哭似号，光着脚丫子跑出来，怀里抱着枕头，一把撕破，啪的一声，把枕头摔在院门口的泔水缸里。他转身又往回跑，一把抓住窗台上的母鸡，拿到院里，把鸡脖子拧了360度，摔在地上，大母鸡嘴眼流着血，在地上扑棱了几下，就没气了。曹尔新抱着儿子从屋里出来，根本就不怕他，骂道："你挣啥命？"边骂边离开了院子。

房东赵书海劝他："两口子过日子，那有舌头碰不到牙的？完了不还得过日子吗？朱老三，你回屋去！人家不理你就行了呗！"

朱老三哪里肯听，像疯了似的，跑进屋去，端出一盆刚煮好的挂面，一下子泼进泔水缸里，他的妻子是沈阳市下乡青年，因家里成分高，没有回城，留在县城里没有工作，在市场卖菜。朱贵安把她的一筐蚕蛹子又扬进泔水缸里，骂着："等她回来，我宰了她！"

这一场风波过后，第二天，曹尔新回来了，却没有听到朱老三的骂声，反而听到曹尔新在骂朱老三。朱老三又是哄孩子，又是做饭，嬉皮笑脸地挑逗曹尔新，曹尔新妈长妈短地骂他，他只当没听见，还一劲儿地往曹尔新的碗里夹菜。

一天，有人到他家讨债，他在外边耍钱输了，欠了人家两百多元，这在20世纪80年代初是一笔不小的数字。朱老三怒了，骂道"谁欠你钱？你上人家家里要啥账？还黄了你了？"

曹尔新听到了，问他到底欠了人家多少钱？为什么欠？朱老三立刻就和老婆来了能耐，又喊又骂，要抄家伙打她，但是看看身边没人拉他，也就没真打。这时，房东的老婆手持铁锹进院了，朱老三上前抢人家的铁锹，人家不给，他就硬抢起来，房东的老婆让曹尔新离开家，出去躲躲。曹尔新抱着孩子去了朱老三的哥哥家里。

朱老三的哥哥来了，进院就要揍朱老三："你还不知足？搅什么？到底作啥？"哥俩在院中打了起来。朱老三跑了，边跑边说："你不是我哥了，我不活了。"这时已经是夜里九点多了，朱老三拿起一根绳子说要去上吊，房东赵书海拉住他。朱老三跪在地上，磕了两个头，一把鼻涕一把泪地说："哥，你是我亲哥，好哥哥，你放了我吧，我不活了！"

这时，有人跑来找赵书海，让他回厂子有事，赵书海在镇砖厂上夜班，只好走了。朱老三见无人拦他了，便起身跑了，边跑边喊："我吊死去。"

朱老三的哥哥领着人四处找他，很晚才在一个地方找到他，他果然在树上，绳子在树上，不过他却没有把头套在绳子上，而是两手抱着树干。看上去，他像吊上了，吓得哥哥大哭，朱老三看哥哥哭得伤心，便说："不用哭，我下去！"这时人们才看清是假上吊，大家哭笑不得。

这样一个人不久就把妻子气得失踪了，几年后，据说喝酒喝得驾鹤西去了。

逃离干部推荐会

大家坐着，听局领导动员大家推荐一名中层干部，这时张玉杰如坐针毡，好像有话要说，又难开口，脸色也发红了。

原来，他昨天推选人时，金光不在场，王文在场，这两个人都具备了当中层干部的条件，又都是范玉杰的入党培养人。

张玉杰不想他们两人中的任何一个，可是一个人只能推荐一个中层干部。昨天，张玉杰推荐的是王文，现在金光也在场，人人要发言，这可怎么办啊？如果今天金光不在场，他还可以继续提王文，或者王文不在场，他改口推荐金光。当面得罪人的事千万不能干。

张玉杰想不出好办法，三十六计走为上策，他站起身来说，我上厕所。

他走到门卫室给妻子打电话："你给我们单位来一个电话，就说我妈妈病了，让我到医院去。"放下电话，张玉杰回到会场，装出若无其事的样子。这时，果然电话响起来，妻子按他教的那样说给股长，张玉杰"逃离"了推荐会。

股长要当优秀党员

我今天到王才那里去，他对我说股评先进党员的事，党员到齐了，股长首先发言，他说："咱们这个党支部指定是先进党支部了，这是没说的了。我意见是从党员中选一名优秀党员报上去，大伙选选吧！"

张成五十多岁了，是一位经历过很多事故的人了，听到这马上说："火车跑得快，全靠车头带，先进党支部书记是支部书记带领争取来的，股长是党支部书记，就选郭股长吧！"

于是，大伙一窝蜂地选股长当上了优秀党员。

这里边有违心的，有随和的，有失望的，有气愤的，也有暗暗佩服股长话语奥妙的，也有称赞张维成头脑反应快的，能及时紧跟股长。

实际上根本就没有评什么先进党支部的信息，直到股长当上优秀党员，先进党支部也没有落到这个党支部的名上。股长那几句开场白，其实不过要的是"火车跑得快，全靠车头带"的结论，然后达到他当优秀党员的目的而已。

条件养成了习惯

1981年8月23日晚7时35分和妻的谈话记录：

妻：“干部最穷，月月靠那点工资，社员有来钱道儿，你说农民有那么多钱，哪家都能找回来几千元钱，他们生活咋还不如干部的好呢？”

这时的农村实行了农业生产责任制，机关干部每月工资才几十元钱，和农民比实在是太悬殊了。我在县政府办的农业组工作，天天和农村打交道，对农村的情况比较熟，我说：“干部的钱，月月开工资，细水长流，有钱就想花点，天长日久，养成了隔三岔五改善生活的习惯。农民呢，钱要等到年底才能到手，平时想花钱手里也没有，只好省吃俭用，养成了不花钱的习惯，结果等到了年底，钱到手了，顶多添几大件，或买点衣服，吃几顿好的外，就把钱存起来了，当守财奴，想让他像干部一样细水长流地花钱，他也不干，因为他们没有养成这个习惯。”

农民有了钱舍不得花，生活得还是照样苦，农民的习惯带来了有钱也过穷日子的现状，其实，有钱就要过富人的生活。

条件形成了观念，观念决定了习惯。更新观念势在必行。旧时期形成的观念，只能让人抱住旧时期的生活方式，如果不放弃旧观念，创新和创造又有什么意义呢？

替罪羊

今天下午两点半，主管农业的副县长要开会，让林业局、畜牧局、水利局等局长和建委主任到政府办公室农业组听地区农业工作的电话会议。这是我上午下达的通知，可是到了点，畜牧局崔局长还没有来，办公室副主任杨庭拿起电话让畜牧局的领导来听地区的农工会议精神。

畜牧局的同志说："我们别人没法去呀，上午通知我们崔局长去开会，说不准代替，他不在家，你们知道啊。"

杨庭说："不可能，我们知道他不在家，所以我们的通知也不可能这样强调。他不在家，我们不可能让他来！"

对方还在分辨。我知道坏了，因为我在通知上写着让崔局长来参加会，这是股长让我写的。杨庭这时问我："你写让崔局长来参加会了吗？"

股长抢着回答说："没写！"

我不敢吱声了。

杨庭对电话说："我们这边没写！"

对方哪里肯接受这个说法，继续争辩。

我的脸通红，股长可能沉不住气了，问我："你写了吗？"

我红着脸说："写了。"这本来是股长让我写的，他还明知故问，分明在杨庭面前嫁祸与我，我有口不敢言，只好不说什么了。

杨庭看了我一眼，也没有批评我，但是我的心里很委屈。当领导的，自己办事出了差错，就应自己承担责任，还故作与己无关，小办事员多难啊，只有倒霉的份，背黑锅，扮演干啥啥不行的角。

在山下望山顶上的人

我读中学时在课文中学到“文人相轻”这个成语，老师讲了它的含义，特地强调，这个成语是指旧社会的文人。我走向社会，成了一名文学爱好者，突然发现老师说的那个文人相轻的事，在现今的社会中许多文化人身上更突出。

文人相轻说的是文人互相瞧不起，现在有些文人都已达到了无人不贬的地步了。在他面前，你不能说别人行，也不能介绍你自己的写作成果，凡是不在场的文朋诗友，几乎都是他藐视的对象。他口若悬河，吐沫四溅，大有以世界的评论家自居之状态，说到动情时，还要大骂。

我常常庆幸自己每次与文友聚集时无人让我难堪。后来才得知，我不在场时正是被人嗤之以鼻的时候。只不过是我在场时，又成了被人吹嘘的角色而已。这让我十分上火，有文友不以为然地说：“你少见多怪，咱们都是这样的角色。”

我不愿意文朋诗友年年、月月、日日充当这样的角色，可是嘴笨，阻挡不了人家的嘴，有时还让人怀疑我“莫不是那不在场人的耳目”，于是，只好任文人相轻的传统在身边的文人堆里光大了。

五月，是延安文艺座谈会上发表讲话的纪念日。大家以文会友，召开登山笔会。面对远山远海，身边的一位女诗友问一位男画家：“你喜爱高山还是大海？”

画家说：“山有高度，海有广度，海所拥有的山没有，山所拥有的海也没有，它们都有自己的美，我爱大海，也爱高山；我登山，也赶海。”

那画家爱大海，也爱高山，是因为他走近了高山，走近了大海。

这时，我突然间想起一位诗友的一首新作《我在山下看你》：“你在山顶上看我小，我在山脚下看你也小。”

是啊，是人的自大和距离使自己把对方看小了，把自己看大了，看高了；把别人看小了的时候，自己自然也就小了。心若近了，文人向文人走去，向工农商学兵，向人民大众走去，会是什么感觉呢？

你会发现，每一个人都是一座高山，一片大海，这时，你自己在别人的眼中也成了一座高山，一片大海。

开一个小店收藏良心

如今收藏古玩的人多起来了，我却不想随帮唱影，我想收藏良心。如今什么都在涨价，就是良心不值钱了。

古人说得好，有一多就会有一缺，什么东西贱了，就会有贵的时候。今天的良心给钱就卖，把良心廉价售出的人，有那么一天会想念良心，因为他们也需要良心的呵护。无论何时何地，你都需要一颗良心，只有这样才能彼此对等地以心换心。如果真到那时，我开一间小店，专门向那些没了良心的人出售良心，买卖定会红火。

这个经商的想法，多亏一位在纪检工作的朋友对我的启示。他说，竟差点跟出卖良心的人打交道；他们不珍惜良心，出卖了良心，吃了苦头，后悔莫及。

我说："我听说有卖房子、地、牛、马、猪、狗、鸡、鸭的，还有卖血的，旧社会有卖儿、卖女、卖老婆的，也没听说有卖良心的，不信！"

朋友说："你不信？我给你讲个卖良心的案子。你听没听说县里正在搞乡镇的换届选举？"我点点头，他说，"有这么一个乡，有这么一个人，他不是党员，但是酒量惊人。绰号'二混子'，别看二混子如此之人，还长了一颗要当干部的心，看见换届选举是个机会，他想起了伟人的一句名言：抓住机遇，发展自己。听说乡里的人大代表投谁的票，谁就可以当乡长或副乡长，他想当个乡长或者副乡长什么的。话说这一天，月黑之夜，他按着事先得知的乡人大代表家的住处行动了。他的行动内容也很简易，到了代表家就对代表说了这么几句话：‘这次乡里选举，哥们，你想当吗？想当，我就不说了；不想当，老弟想试试。给，这是奉献给你一笔伯乐识骏马的钱，求你在那选票的空格上把我的名写上。我当了干部，少不了你的好处，找我办事好使。’二混子连夜跑了三十多个代表的家，没有遭到拒绝。还有几个代表没见面。摸摸挎包中的钱也花得差不多了，这些人不找，那些代表投票也过半数了，二混子就打道回府了。结果他真的当选了。三十多个代表把良心卖给二混子。乡里的干部都是一个萝卜顶一个坑，二混子当了副乡长，就挤下来一个副乡长。二混子知道自己不够料，当了干部，一是高兴；二是要答谢，便在酒店请客，酒桌子上的代表们口吐真言，话多失言，二混子贿选的钱不均匀：关系好的，他花得少；不太有信心的，他花得多。导致少拿钱的代表说他小瞧人，多拿钱的代表也不相信自己真的多得了。那落选的副乡长掌握了这内情，二混子吓得要死，这是违法的事呀！不过，你猜，那副乡长的话更是惊人，出乎众人所料，他说：‘我看二混子是个人才，是一个少花钱办大事的能人，我也不告了，让他干吧！二混子有眼光，抄近来，把钱花在乡里的代表身上，财宝没出乡。行！比我强！我服！就有一个事让我生气：平时，我待乡代表们也不薄，我述职，他们掌声哇哇的，这次我没花钱，他们就把良心卖给二混子，太让我伤心！’”

听到这，我对朋友说：“之后的事情你也别说了，我听了心烦。我是个经商的，研究的是做买卖，良心不值钱了，我就囤货积奇——收藏良心。”

“他说你这一手真是冷门。从古到今，从上到下，各行各业，丧失良心的太多太多了。远的有为银钱出卖耶稣的犹大和喜新厌旧的陈世美；近的，不细说了，因为我们纪律检查委会的处分档案里案件多如牛毛。你干这准行！”

于是，我挂上招牌，收购良心，先从古今诚信得好报的案例入手，我知道眼下无利可图，但有一天它会比那古玩还要珍贵得多。

儿子来电话了

叮铃铃，办公桌子上的电话响了，我例行公事地抓起电话，刚对话筒问：“哪啊？”里面立刻传来：“爸啊！”的声音。啊！儿子！这是千里之外读书的儿子的电话啊！我的心像春江的水，被岸边吐绿的柳枝拂起涟漪，想往那岸柳，又不能把它拥入怀中。

儿子毕业就到北京读书，离开家，走得再远，飞得再高，也离不开妈妈和爸爸的心。路上看见与儿子年龄相仿的孩子，就想起自己的孩子是否也在路上；天暖天凉都挂念儿子是否减衣加衣；端起饭碗，又想着儿子顿顿吃得咋样？老人过去常说的“儿行千里母担忧”，到了今天，我们夫妇也有了当年老辈们的体验。

我十八岁参军，那一年的端午节，妈妈煮好了鸡蛋，放到桌子上，拿来了五双筷子五个饭碗。爸爸妈妈生了三个儿子，没有女儿，她忘记了五口之家已飞走了一个。当妈妈看到空的那一副碗筷时，再也拿不动筷子了，她流下了泪。

那个早上，妈妈的泪饱了全家人，谁也没有吃一口饭。我的爸爸妈妈远没有他的儿子有福，他们想念他们的儿子，只能每月读到儿子的一封信，在那没有电话的年代，哪里能听到爱子的声音？而我们夫妻想念儿子，就能从电话中听到我们儿子的声音。我从军几年，才回一次家见到的爸爸妈妈，我们的儿子却是每年的寒暑假都回我们的身边。可是我们还是不知足，盼望快到假期，到了假期，又盼日子过得慢一点……

今天，我本来不想回家去吃午饭，但是儿子的电话我不能独自享受，便回了家。妻子听说儿子来电话了，知道孩子一切都好，高兴得眼睛红了，脸也红了，她说：她没白养儿一场，还知道来个电话报平安，还打听爸爸妈妈……

我为儿子一个普通的电话而心情舒畅，也为妻子的高兴而欢快。

人间的父爱和母爱是多么的美好！因为有爱，才有了思念，才有了企盼，才有了充实的等待，才有了远行人脸上的微笑。

儿子的电话，让我萌生了一个想法：我希望天下远行的儿女，常给爸爸妈妈挂个电话，那平平常常的声音也会像神奇的手指，弹奏起远方父母心中的乐弦。

云烟藏彩虹

当我还未出生的时候，我就成了烟民的儿子。

旧社会，妈妈还是小姑娘的时候，就开始鼓捣烟。姥爷走得早，二十三岁的姥姥守着一双幼小的儿女在乡下度日，劳累和孤苦、贫寒和懦弱笼罩着姥姥家的生活，并伴随舅舅和妈妈的成长。姥姥总是愁眉不展，抽着自家种的旱烟消愁解闷。妈妈在姥姥的身边也学着吸烟，打发着她苦难的童年。姥姥把吸烟作为一种解脱，也任由女儿去学她的样子。

我五岁的时候，正是国家困难的时期，粮食少，大人时刻为生活忧愁，也许这时就更需要吸烟了。我的妈妈每天都离不开烟。我便帮妈妈摘烟叶，剪烟梗。那时没有多少人抽烟卷，大都是蛤蟆烟，烟叶抽没了，就把烟梗剪得碎碎的，把它掺在干白菜叶中当烟抽。妈妈看到儿子会帮她干活了，高兴得常常把我举到空中。一缕缕烟云，不仅给妈妈带来了快乐，也让我品味到妈妈的爱。

妈妈高兴了，吸烟；妈妈愁了，吸烟；妈妈孤独了，吸烟；妈妈生气了，吸烟。妈妈的烟云，驱散了愁云，赶走了劳累，创造出快乐的日子和儿子的安宁。我永远不会忘记在妈妈的烟火边的日子。

1960年，干部家属大还乡，爸爸在团县委做宣传部长，他带头报名，妈妈带着六岁的我和两岁的二弟要离开县城，到距县城很远的一个叫马仲河的乡下落户。这是一个寒冬的黎明，月亮隐了，星星依稀，一辆大马车在北风中，在厚厚的积雪上，沿着一条偏僻的乡村路抄近道，载着我们全家和我们的所有家当——几双被褥和锅碗瓢盆。

我不愿离开这个熟悉而又热闹的小城，我想念可爱的幼儿园，和同院的小伙伴。但是我不会表达自己的思念，只是默默地依偎在妈妈的身边，身心陷入饥寒和孩提的愁绪中。荒野的鬼火和远山上不时传来的狼嚎，吓得我紧紧地靠着妈妈。妈妈把被子披在我的身上，她坐在车中间，把事先卷好的纸烟递给车前面的老板和爸爸。看着妈妈那一闪一闪的烟火，我好像依旧坐在往日的炕上，听着妈妈讲故事、哼歌。我渐渐忘记了这是在荒郊野外，也忘记了恐惧，是烟火温暖了我的心。

那时，各种传闻导致人们人心惶惶。我们居住的这个马仲河，虽然是个很小的村落，但发生战争的时候，这里已经通了火车。火车昼夜不停地，震得窗响地晃，大人们说，火车上天天拉着兵，还有枪、炮、坦克，说不定哪天就打起来了。那时，小小的我还不知道死的滋味，但却实实在在地害怕打仗，一听到火车响，心就突突地跳。晚上也不敢睡觉，怕打起仗来跑不了。妈妈见我这样怕，她的心里很难过，后悔不该在火车站边落户，她说："儿子，你好好睡吧！妈妈夜里给你听火车。"每当夜里我被火车震醒时，我就看见妈妈坐在那里，或趴在炕上抽烟。我的心就有了底，于是很快就又进入梦乡。

我的妈妈哪里能睡得着觉啊，她挂念留在县城里的爸爸的冷暖，她挂念百里以外的寡母，还有我和二弟的饥饿，也让妈妈的心不静。

那时，下放户也和社员一块吃大食堂，一日三餐，顿顿到食堂去打，每顿一人一碗高粱面面糊涂汤，那糊涂汤稀得像米汤。弟弟小，没有份，我和妈妈的两份，还不够我一人填饱肚子的呢。妈妈不能不吃饭，吃了又心疼儿子吃不饱，她总是先让我吃，再把她的给我一半，她自己则坐在一旁抽烟，说大人抽烟就抽饱了。等我吃完后，便把从野地里捡来的像干柴一样的白菜叶子煮熟，然后掺在自己那半碗面汤里。

一天早上，我去外面解手，邻居家突然泼出一盆水，水中有一粒金黄色的玉米粒。我和一只芦花鸡同时看到了这颗玉米，便和芦花鸡跑过去，小鸡没有抢过我，我把玉米粒抓到手中，但是也绊在一把横放在冰地上的大镐上，锋利的镐刃把我的脚削得鲜血淋漓，至今还留下一道二寸长的伤痕。县里怕下放户饿死，每月供应点高粱糠，爸爸从县城里带回来，妈妈从中筛出一点米粒，给二弟嚼细。

妈妈去大地捡菜叶和豆角粒，我在家看着二弟。我把给二弟的米粒抓出一小把，投入炉子上的一大锅水中。妈妈回来了，我看到妈妈望着水中那星星点点的米粒时，高兴地告诉妈妈："这是我想的办法。多做点饭，大伙都吃点吧！"我以为有多少水，就会出多少饭！妈妈笑了，又哭了，她长长地叹了一声后，点燃了一支烟。

谁能安慰妈妈呢？也许唯有一缕缕淡淡的烟云……

一天晚上，我看见妈妈吐出的烟雾中升起一个烟圈，十分惊奇。妈妈告诉我："抽烟吐出烟圈儿，出门的人就回来了，你爸爸要回来了。"果然，那天晚上爸爸回来了。以后，我想爸爸，就央求妈妈吐烟圈儿，妈妈说："故意吐就不灵了。"于是，妈妈一抽烟，我就盯着她，看那烟雾中有没有烟圈儿。我喜欢那缥缈的烟雾，常想把烟雾抓在手中，妈妈就把烟雾吐进玻璃瓶中，我抱着玻璃瓶玩，看不清雾中的内幕，就想：雾中会有许多神奇。夏季，身上被蚊子咬了，妈妈抽一口烟，带着口水喷在蚊子叮的地方，疼和痒就渐渐地消失了……

那闪闪的星火，那飘飘的烟雾，在缺少玩具的日子，竟然也化作我童年时代的乐趣。

我渐渐地长大了，贫苦的日子也渐渐离我们远去，可生活中总是有苦辣酸甜，妈妈也仍然没有戒烟，不过，妈妈还在抽旱烟。我常想起妈妈抽烟梗和白菜叶的岁月，暗下决心，等我挣钱，我要给妈妈买烟卷。20世纪70年代，我在四川当兵，北方的烟卷需要批条才能买到。探家时，我给妈妈买了许多香烟，妈妈却不抽，说："抽不惯；家乡的烟有家乡的土星味儿，抽着有味儿。"

后来，20世纪80年代初，爸爸组建了县烟草专卖管理局，做了第一任局长。妈妈抽烟有了条件，可是更多的时候她总是抽卷烟。妈妈抽了大半辈子的烟，牙齿却保持得整齐洁白。爸爸写作的时候喜欢抽烟，他喷云吐雾中写出了一部四十多万字的小说，在他身后，由辽宁民族出版社出版，深受各界读者的喜爱。

爸爸年轻时就集邮，当了局长后，又爱上了集烟标。他生前留下的那些漂亮的烟标，让我们触物生情，如见到爸爸一般……

非典中，儿子坚定地留在北京

我的儿子孙源在北京的海淀走读大学读书，北方的县城经济不景气，有工人下岗，有的事业和行政单位也拖欠工资。孩子读书三年花了许多钱，为了帮父母分担债务，也为了能继续读完本科，他和一位同学集资在海淀区的五道口服装市场兑了一个摊位。由于北京发生了“非典”，顾客稀少，每天不但不赚钱，还要赔进几十块的摊位钱。

我和他的妈妈惦念他，便到北京去看他。儿子可怜巴巴地坐在小凳子上，他知道妈妈和爸爸好不容易为他张罗了几千块钱，所以要苦守在这里，说什么也不肯回家。我离开了儿子的服装市场，回到了我的住处，心里发酸。

没过多久，北京开始控制人口流动了。过了几天，我又去动员儿子回家去。到了服装市场，大楼外站着许多摊主，说是为了争取市场部门的“减费”，在罢工，因为顾客少了，卖不出钱来。我找了几圈，也没看到儿子的身影，只好坐在路边无奈地叹息。好一会儿，我突然看见儿子从楼里出来，我举起手来，儿子看见了我，直奔我过来了。

他说，他在楼里等顾客，见实在没人了才出来。若不是在大庭广众之下，我会把儿子拥入怀里，但是此刻我默默无语。过了一会儿，我劝他跟我回家，他摇着头，说要坚持下去，这月的管理费若是能减免的话，手中的钱还可以和同伴再干一个月。孩子是有理想的，他要圆他读书的梦，要用做工的钱来“续本”……二十二岁的儿子要走他自己的路，表示要坚定地留在北京。

回到东北的家乡之后，报纸和电视天天播放着防治“非典”，看到党和国家重视防治“非典”，看到白衣天使至自己的生命于度外去抢救病人，每当这个时候，我们夫妻都泪流满面，感到无比欣慰。儿子虽然留在北京，但是我们放心。我们几次给儿子打电话问他的时候，他总是自信地说：“没事，都好。”并向他七十岁的奶奶和八十五岁姥姥问安，让家里人不用惦念他。还说：“现在每天能卖到钱来了，这是之前没有的事。”我们夫妻为儿子高兴，不仅仅是因为儿子有了收入，而是党和国家的重视振奋了人心，兄弟姐妹和父老同胞有了战胜“非典”的信心。

儿子坚定地留在了北京，他服从了党和国家的要求——大专院校的学生留京就地学习务工，他的劳动让别人的生活更加多彩，他的爱心和信心也得到了回报，“众志成城，万众一心”的防治在战胜“非典”的战斗中，也有儿子的一颗爱心。

妻子听到儿子让她“保重”的话，含着眼泪在电话里说：“儿子，妈妈为你高兴，妈妈为你，为你的同学，为首都的人，为所有的人祝福……”

遥远的记忆

初春，车行在我少年时走过的乡村的土路上。车中的录音机正播放着《我们走进新时代》的歌，我的心却回到了20世纪70年代。

我极目远望那地平线上的小小村庄：那是爸爸走五七道路时，我们全家落户的地方；爸爸在那里创建了专区种猪繁育场；我在那度过了少年时代。那里发生的事常常进入我的梦，我盼望有一天能回到那里，看看土地，看看草和树，看看老房子，看看白天的云和日，看看夜晚的星和月，寻访尘封的足迹。

终于重新来到了这块土地。

车，驶向了那小屯。

天依旧，地依旧，房依旧，炊烟也依旧，只是到处都是陌生人。路边晒太阳的人也没有认识的。我不知道昔日的小伙伴们如今的名字，提及他们的乳名，晒太阳的人都摇着头。当年这里是劳改农场，四面八方的员工组成了单位，1976年以后，许多人回了原籍。我若有所失，感叹岁月如梭，心中万般惆怅。

当晒太阳的人们听说我是从这个小屯中走出去的，听说我的爸爸的名后，问道："你是老孙家的小寒吧？"这个称呼让我眼含热泪，我点着头，陌生而又纯朴的乡亲们仿佛看到了自己久别的亲人，热情地围拢上来，并向远处劳动的人喊着："小寒回来了！"

那边备耕倒粪的几个人停下活，远远地就笑着奔了过来："小寒，你还认识我吗？"

"小寒，你瞧我是谁？"

"小寒，你叫出我的名来！"

我一个一个地叫出了他们的名字，虽然分别很久，但是我依然熟悉他们，因为梦中常和他们在一起。

"是小寒来了啊？"我们抬头向声音传来的方向看，一位中年妇女走了过来。

啊！是小燕！

我十四岁时来到这个小屯，认识的小女孩就是第一个小燕。小燕长我一岁，像一个小姐姐，教会我许多农活。那时，小燕圆圆的胖脸蛋，双眼皮下闪动着多情的大眼，扎着两条羊角小辫子，笑声像银铃似的，长得好像青年时代的著名电影演员田华，有人叫她"小田华"。她会唱很多歌颂祖国和共产党、毛主席的歌，是屯中鹤立鸡群的小女孩。大家喜欢她，我的爸爸妈妈没有女儿，看见别人家的女儿就眼热，格外喜欢小燕，叫她的时候不叫她的名字，而喊"闺女"。也许因为我的爸爸和妈妈喜欢小燕的缘故，小燕的爸爸妈妈也和我的爸爸妈妈的感情日益增厚。

那时我读中学，每逢寒暑假和星期天，便参加集体劳动，春耕、夏铲、秋收。早晨三点下地，小燕便敲窗唤我出工。

春天，大人们用锄头铲地，我和小燕等一些孩子用手把锄，蹲在地上铲。我头一次和乡下的孩子们在一起，铲地时，比我小的孩子也能把我甩在后头，我又羞又恼。为此，小燕选的地总是挨着我的地，趁人不备时，偷偷在前面帮我铲上一段，等我又急又累地往前赶，到了小燕接我的地方时，真是柳暗花明般高兴。她不动声色，只是冲我微微一笑。

朝阳下，晚霞中，我们一同出工、收工。她长我一岁，上学却晚我一年。她读书的小学与我的中学背道而驰，我上初二时，小燕该上初一了，那个时候，我们就可以一起上学了，但是她的父母却不让她再读书了。小燕伤心地对我说："真羡慕男孩子，长大了可以远走高飞，女孩子有啥出息，围着锅台转。"从此，天真烂漫的小女孩少了许多笑声和歌声。

学校招小兵，我也报名参军。那几天，我看见小燕在织那个年代时兴的白线脖领，她的小弟弟围前围后地缠着她要脖领。一天，场部开大会，大人孩子们都去参加，散会了，人们各回各的家，走到屯中的大柳树下，小燕低声叫我，她悄悄地把一条雪白的脖领塞给我。我没有姐妹，许多有姐妹的男孩儿都有姐妹给织的白脖领，钉在衣领上漂亮极了。我曾央求妈妈买一条，到处找，却没有卖的。妈妈说要求人给我织一条，却一直也没有兑现。月亮照着小燕涨红的脸，我接过这条白脖领，心里涌起一股暖流，一直热到喉咙。遗憾的是，我没有当上小兵，也为此病了一场。病好后，小燕看到我说："没当上兵，上啥火？男孩子是小鸟，早晚会飞的。"那条雪白的脖领，我也一直没好意思露出来。

不知不觉中，我的妈妈和爸爸竟然把他们喜欢的小燕由"闺女"喊成"儿媳妇"，屯中的长辈们也故意让我们分到一起去干活，逗得小燕再也不好意思找我上下工了。场子劳动时，她远远地躲着我，见到她，我的脸就红红的，有时我无意看到她，她也正偷偷看我呢。少男少女纯净的友情将要演绎为爱情的时候，我们都开始害怕。这让我们之间接近机会少了，见面的机会也少了，便开始默默疏远。

爸爸的工作不断变动，每次变动都人走家搬。我们离开了这个小屯，又辗转了许多地方。我读了十年书，竟然转了八次学校。男孩儿的心野得像一匹野马，毕业就奔向了远方，我离开这个小屯越来越遥远。我曾猜测小燕的家早已搬走，她也早就远嫁他乡了。

小燕那双含情的大眼还像当年那样望着我，眼神中多了一缕幽怨：“小寒啊，你这一走走了三十年啊，也不回来一趟，大家都想你！”

三十年啊，我翻过了多少山，蹚过了多少水，走过了多少路，哪怕离家千万里，我都没有忘记这里，也没有忘记你，然而，此刻我却说不出心中的千言万语。我很内疚，觉得欠了她许多，记忆中那点点滴滴的情谊是我今生无法回报的！

离开小屯，回到家中，我不吃，也不喝，躺在床上，不言不语，久久地，久久地陷入回忆。从此，我再不愿回到那座小屯了，因为那里有我遥远的记忆。

妻子的鼾声

我参军在部队时睡觉与众不同，哪怕睡得不省人事，若有纸落在地上，我也会一下子睁开眼睛。轮到夜间有我的岗，战友怕惊醒别的人，悄悄地走来，不等他到我床边，我就会一下坐起来。开始时，战友会吃惊地问我：“你怎么没睡觉？”时间久了，大家知道我的“特殊功能”，就不再奇怪了。几年间，天南地北的战友们换了一批又一批，凡叫过我岗的人都说我睡觉像张飞——睁着眼睡。可是自从我复员回到家睡觉后，一旦睡着了，就是把我搬得坐起来，我还是会鼾声不停。和人家出差，同事们总是问谁不打呼噜，一听谁打呼噜，就吓得嚷着要换房间。偏偏我不怕，而今夜，妻子的鼾声吵醒了我。

我不忍心叫醒妻子。鼾声像一首诗，我细细地品。结婚多年，妻子从来没有打过呼噜。生活劳累，妻子难得睡一个安稳觉。儿子小的时候，和别人家的孩子不一样，离不开妈妈怀抱，放下就哭。家在山下，怕惊扰左邻右舍，也担心引来附近的狼，更心疼儿子，妻子几乎夜夜抱着儿子靠着枕头睡。儿子渐渐可以脱离妈妈的怀抱了，妻子还是放心不下，时常梦见儿子哭，常常突然坐起来去拍儿子，直到明白是梦中的儿子哭，才重新躺下睡觉。想起单位的事，也不能实实在在地睡。在工作中，妻子累了要忍受，委屈了还要忍受，梦中常常长吁短叹；生活的贫困，也促成了她的失眠：没有自己的房子，租人家的房，不知何年何月才能出头，有了自己的房子后，又不知猴年马月能还完外债。

是啊，工作和生活总是不能如人意，心里总是不静，本想在夜幕降临的时候躲在梦里放松一下，可大脑却不解人意，于是，酸甜苦辣涌上心头。

今夜，妻子睡着了，听着她的鼾声，我高兴，心中宽慰，宛如听摇篮曲，我也渐渐入梦了。

孩子大了，生活宽松了，人生的坎坷、岁月的磨难，铸就了妻子宽广的胸怀。炎凉的世态是一所学校，使我的妻子也超脱了。我愿夜夜听到妻子的鼾声，我相信，这美妙的鼾声会在每一天夜里陪我入梦。

一日夫妻百日恩

俗话说，一日夫妻百日恩，百日夫妻恩似海。我们的儿子已经二十三岁了，我和妻子也度过了很长的日子了，已经万分恩爱了。

下雨，刮风，落雪，天气有冷有热，也不一定尽如大地之意，地也不一定尽如天之意。然而，大地适应了天，天也离不开大地，天地之情谊孕育了万物的繁荣。天高地厚般的夫妻恩爱创造了幸福，拥有了天伦之乐，却不一定没有矛盾，犹如天地相爱必有风，有雨，有雪一样。那风，那雨，那雪是爱的摇篮。

我们结婚很晚，但相识却很早。那很早的相识，我们做梦也没想到竟是后来夫妻的初识。1970年，我的妻子上山下乡，插队在三江口劳改农场，年仅十七岁的小姑娘离开父母独立生活了。在学校时，她爱好体育，乒乓球、篮球是她喜欢的运动项目。在那“毛主席教导记心怀，一生交给党安排，笑洒满腔青春血，喜迎全球幸福来”的年代里，在劳改农场，她和就业的劳改犯人一起下田插秧苗，一起收割，一起学习，因为在那时，她和她的同学也是再教育的对象，只不过没有像劳改犯曾经犯过罪而已。劳动之余，场部还常常让她去参加球赛夺奖。夜深了，她还要伏在灯下自学毛著，写心得，至今，当年写的日记笔记还保存着。

冬季里的一天，我放学回家，突然看见屋里有一名年纪和我相仿的女孩，我的一只脚在门里面，一只脚还在门外，进退两难。当时，我正在上中学，平素怕的就是女生，有时上学早了，教室中有女生，我就不敢进屋，站在门外靠墙角，直到来了男生，才敢进教室。也许是父母没有为我生下姐或妹的缘故，没有和女孩子接触的机会，特别地害怕女孩儿。当时，我硬着头皮，低着头进了屋，放下书包就退了出来，吓得晚饭也没敢回家吃，直到听说她走了，我才敢回家。

结婚以后，她说："那时你穿个大棉袄、棉裤，戴个狗皮帽子，傻乎乎地进了屋，完全是一个傻小子。谁知以后还嫁给了你！"爸爸妈妈没有女儿，喜欢女孩，想好好招待她，又没什么好吃的，连细粮也没有。正在患病的爸爸亲自下厨做菜，烧水和粉面，做片粉皮，用白菜炖的粉，又向邻居借了几斤白面烙的饼，这是我们过年节才能吃到的。临别，妈妈送她一程又一程。父母的真诚和我们家的贫寒，给她留下了深刻的印象。她没想到，干部的家还有这么困难的，这么困难的指导员还带头访贫问苦，去关心别人，从此对我爸爸妈妈的敬重中有了几分怜悯，怜悯中又加浓了敬重。

我的岳父是县城里重点高中的数学老师，曾读过两个大学，会写一手好毛笔字，被考证为辽北民国时期的书法家，他精通两国语言——英语和日语，一生桃李满天下，有的已成为国家著名的科学家。岳父是个民主人士，但他一直拥护共产党。

1948年，昌图还没解放，他就动员在他班上读书的表弟的儿子当了解放军走了。表弟不见儿子回家，来问他："儿子哪里去了？"他说让他给送去当解放军了。他的表弟和他吵起来，但是生米做成了熟饭，也没有任何办法。后来，表弟的儿子参加了解放战争和抗美援朝，当了高级指挥官，表弟的儿子有了出息，表弟才不生他的气了。岳父这胆大主观的性格也遗传给了我的妻子。

妻子生在这样的家庭，可谓小城里的名门之秀。她的家十分富裕，她是在福窝里长大的，即使在困难时期她也没有挨过饿。但优越的环境却没养成妻子的娇贵脾气，她一直有一颗善良的心。1974年的农历八月十五，邮局给我们家送来一个邮包，里面竟是妻子邮来的月饼，可惜全都压碎了。她在距我们家两百多里地的地方插队，分的月饼舍不得吃，也没拿回自己的家，怕我们家买不起月饼，就把她那一份寄到我家。爸爸妈妈又高兴，又心疼她。

1976年，我正在四川当兵，一天，我接到从家中寄来的邮包，打开一看，全是高级奶糖，我高兴地分给身边的战友品尝。后来才知道，这奶糖是妻子到北京的姑姑家串门，姑姑送给她的，她又送给我们家。家人舍不得吃，她又亲自帮妈妈缝邮包，把糖果寄给千里以外的我。

那时，妻子已是辽宁水利水校的一名大学生了，而我还是一名大头兵，她从没想到过我会成为她的丈夫。我心中也早已没有了她的记忆，因为少年时的匆匆一见，一别就是十年之久，傻乎乎的大头兵还立志忠心为国，以为婚姻与我还是非常遥远的事，然而，上天却安排我们走到一起，她无意中让我的生活甜蜜起来。夫妻的缘是月下老人编织的纽带，纵然彼此相隔千万里，也终成眷属。

1980年，我复员回来了，当了一名装卸工。曾经有一位以为我会出人头地的姑娘顿时情变，离我远去。父母的心中早已有了她，可是儿子是一个苦力，只好压下了这桩心事。直到听说她还没有朋友，托人一提，即将大学毕业分配为国家干部的妻子，竟然没有藐视我。我们虽没有花前月下地交谈，但她却信任我。她说："看树看根儿，看父母知其儿，瞅着你挺顺眼，只要有志气，有理想，苦力也会有出息，就是当农民，也不丢人！”

我们像相识又陌生的小燕子飞到了一起，即要互相了解，又要一口一口地衔泥垒窝，风里来，雨里去，先是两地生活，后来到了一起，又租过房、盖过房，为了还债，上班的同时，养猪、鸡、鸭、开荒、种园子。宝贝的儿子小时是一个夜啼郎，夜里离开妈妈的怀就哭，妻子抱着儿子，一宿一宿地靠着枕头睡，上班还要强打精神，累得心力交瘁。苦、累、饥、贫的生活也没有泯灭她的同情心。

一天晚间，她下班回家，在路上碰到一个中年妇女，问她："大姐，去旅馆咋走。"这正是秋去冬来的季节，妻子见她穿得十分单薄，冷得说话直打哆嗦，便说："天这么晚了，你一个人出门，不怕吗？天冷了，咋不多穿点呢？"中年妇女听见她这么问，一下子哭了，说和男人打架了，被男人撵出来了。没亲没故，也不知道到哪里去，走哪算哪。妻子听了，就把她领到家，给她煮饭，还炒了一个韭菜炒鸡蛋，劝她："一日夫妻百日恩，心往开了想，眼往远处看，不看僧面看佛面，想想老人，想想孩子。"和人唠了半宿，说得人家一把鼻涕一把泪。早上起来，人家也想通了，吃了饭便到车站往家赶。到了车站，碰见了寻她的丈夫。那丈夫一把揪住她，问她这一宿在哪睡的，和谁睡的，她如实交代。丈夫不信，她为了证实自己的清白，把丈夫领到我们的家。那时我在市政府纠风治乱办抽调，每月回一两次家，这一天我没在家，不然，那丈夫气头上说不定会说什么呢。妻子见这个男子长得人高马大，一脸怒容，心里害怕，便以攻为守，义正词严地训斥他，让他善待妻子，要他懂得"一日夫妻百日恩"。邪不压正，竟说得那人羞愧满面，向妻子一口一个"大姐"地叫，一口一个"我错了"地检讨，说"以后再也不打媳妇了，回去好好过日子"。妻子说："以后有什么困难来找我。"妻子在县委纪检不过是一个中层干部，这一句客气话，那人却记住了。开春了，那个男人到县里找妻子，说乡下的平价化肥和平价种子不好买，求妻子帮忙。妻子只好硬着头皮帮忙了。妻子从不愿麻烦人，为了一个素不相识的人，第一次麻烦了别人。

人生总是多风多雨的，大自然的变化还有迹象显露，生活中的灾难却常常突然降临。1995年6月1日，妻子上街去为我买鞋。我在穿着上总是很随意，她总想让我穿得好一些。所以背着我去为我买鞋，这一去竟然发生了一件让我们终生难忘的事情——妻子借来的三万元钱被人骗走了。

那时，我们每月的工资只有几百元，购楼借款还有一万多元，两笔债加一起，我们就是砸锅卖铁也还不上啊！祸不单行，我的爸爸又患了直肠癌，住进了沈阳医院，妻子也住进了沈阳的另一家医院，为了不让爸爸妈妈上火，我向父母和岳母隐瞒着受骗的事。

这时，我山穷水尽，连去看望父亲和妻子的路费都没有了，儿子又要上高中，一下子就要交一万元左右的学杂费，我活不起，死不起。

儿子劝我和他的妈妈说，咱们家有能力承担三万元钱的损失，要是轮到别人家，还不得出人命啊！那骗子不骗你，也得骗别人，别人损失了三万元钱说不定就死了。妈妈承担了这笔钱，也是积德，以后会有福的。为了不让小小的儿子跟我们着急，我们硬说有钱，其实哪有能力立马还债啊！找亲朋故旧，找战友，东串西借，人家见我们的饥荒拉得太多，都不敢借了。我们又把住宅楼租了出去，我们则去租了一个煤棚子式的临时房。

我坚定了一个信心，一个人只要活着，就没有过不去的难！大难不死，必有后福！我和妻子相互鼓励，终于渡过了难关。

后来，我自费出版的一本书《杞人墨》，受到读者的欢迎，儿子读了高中，也上了大学，我们也迁回了自己的楼。1999年，儿子去北京读大学那一天，妻子望着儿子远去的背影，高兴地流下了眼泪。是啊，那一切都已经过去，新的一切开始了！

20世纪的元旦，我给我的妻子寄去一张贺年片，那上面写着：“旧世纪风雨同舟共甘苦，新时代携手并肩享吉祥。”

我们天天同床共眠，我私下里自作主张，用贺年片表达的祝愿竟让妻子兴奋了好几天，也让她的同事羡慕。

男儿四方是故乡

东北大地上的居民，大都是当年从山东、山西、河南、河北等处逃荒到这后开荒占草者的后代。先人传给后人的家谱上都写着逃荒前在南方居住的地方，愿后人记住故乡，有一天再回故乡。

我们的老家在山东省青州府洛安县六股路庄，先人到东北一百多年了，可一代一代的人，到逢年节的时候总忘不了在家里郑重地供上家谱。到了爸爸这一辈，还总想回去一趟。爷爷的爷爷的上辈子的人过来了，爸爸回去，还能有人接待他吗？还能找到家族吗？爸爸不听劝，只是因为物换星移，世事沧桑，中国的地图上再也查不到家的地址了，他才没有去成。直到临终前还向我说："你爷爷生前想回一趟关里家，没成；我这辈子也没成；让做儿子的我非常遗憾。"

我几经周折，终于找到了关里家的地址，不过，除了省名和小地名没变，其余的都变了，而且，据说那里已没孙氏人家了。

我对关里家没有那种怀念之情，但我感受到过思乡之苦。少年时代，我受到了良好的教育，生出了一颗红孩子的心，总想离开家，离开我爱的小县城，远走高飞，飞向祖国最需要我的地方。十八岁的时候，父母把我放飞，我当兵走了，先是驻扎在祖国的大海边，后又放哨在红军长征路上的雪山脚下。离家千万里，思乡情幽幽，夜晚，望着边关的月，在那月上寻找家乡的影子和亲人的目光。每年底，复员一批老乡，我们都默默流泪。逢外出听到东北口音，就把那说东北话的人当成同乡人相待。故乡人的标准已不局限在本省、本县、本土了，但是，复员时我却深深地爱上了祖国南疆的一草一木，告别驻地的那一天，我不仅带着怀念，也带着那里的口音，和那里的土，那里的草籽，那里的石块，回到了我的故乡。多少年过去了，每当我听到川音，我就仿佛又回到年轻的时候，就像见到久别的亲人，便和人家去攀谈。曾守卫过的地方竟也牵挂着我的心，让我时常想要回去看一看。

一年春节，一名曾与我在北国的大海边共同站岗的四川的战友来信，他说复员后回到了他的川北家乡，已做了一名地方干部，二十多年了，总也忘不了曾生活过的地方，问我："我们那座营房不知还有没有，我们坦克兵打靶的那个叫作后石的村子已经成了全国的富裕村，老房东家如今富了没有，我们在苏联红军山上栽的松也不知长得多高了，当年星期天我们散步的小路还是那么幽静吗？"他说他早晚要回来看看，因为他想念走过的地方。

是啊，他想念走过的地方，我也想念走过的地方，走过的地方给人养育的恩，人也留下了一片爱。这恩爱铸就了山水的呼唤，铸就了人的怀念，只要我们热爱生命，热爱生活，乡情和乡恋就将在人生的路上传递。

我们的先人从关里来到东北，子孙又从东北走向西北，走向四面八方，去建设祖国。好儿女志在四方，处处是故乡。

我的爷爷和我的爸爸经过的那个时代，使他们固守一个地方，生前也没有回到先人的故地。他们虽然西去，但是俯瞰大地就会看到，只要有阳光和土地，处处都是子孙生息的摇篮。

饿一饿生活中的阿Q

空余闲聊，偶然听同学讲一个外国趣闻，他说，有一个资本家，宁可给一个由自己的朋友介绍来的，没有技术的阿Q月月发和工厂正式职工一样多的薪水，也不让阿Q做工。

既然阿Q没有技术，朋友之情又难却，让他在工厂出点小力气有何不可，何必这样白养活他呢？莫非这位资本家钱多得无处消费，非如此不可吗？

原来，这家工厂的情况是两个技术工人为一组，守着一台机器同工同酬地工作。如果把阿Q安排在某一台机器上，就会多出一名技术工人。两个人的活就会由三个人来干了。似乎促进了生产，实际上却是相反的。在待遇相同的情况下，另两位有技术的工人必然不满，出现“等、靠、比、站”的消极情绪，还完全可能把这种情绪传染给其他机器上的工人，进而影响全厂的产品质量和产量。这个由挫伤积极性带来的损失，一个正式工人的月薪岂能弥补得了！由此可见，积极性之珍贵！自然可知道这位资本家在朋友之情难却的情况下的选择是多么正确！

这位资本家，由阿Q想到的是否影响工人的积极性，又由是否影响工人积极性而联想到自己的得失，于是不因图得阿Q一人之“小”，而失去自己利益之“大”，这种认真、严肃、科学、慎重地对待积极性的态度，令人听后大有感触。

纵看古今，横观中外，任何阶级或集团某一方面的掌权人物，在为成就一件事，用人的时候，总是试图调动、提倡、保护积极性。

在我们的工作和生活中，难道在认识积极性和保护积极性上还不如资本家明智吗？作为一名社会人，为什么就不能站在多方面考虑呢？为什么不能正视积极性，不考虑积极性不能调动起来的原因呢？资本家为了调动、提倡、保护积极性，宁可在经济上白白养活阿Q，今天的我们为了调动、提倡、保护积极性，不妨饿饿队伍中的阿Q。

出书不敢让人看

我从地摊上买了一本《书海夜航》。这本约四十万字的书是香港的一位读书迷D先生写的。他把看过的书的内容提炼成故事梗概，并介绍了作者的生平和写作背景。几十本书就等于凝缩到这本《书海夜航》里面来了。

这之后我又从出版社邮购了一本《东方奇书55》。这是日本的十五位专家写的，把世界的五十五部奇书中的每部书的内容提炼为千八百字，再配以题解，纳入书里。

所谓的奇书，据释者的前言，就是那些稀奇古怪、鲜为人知的书，具体地说，它主要包括如下几类：一是从人的想象力上着眼于内容有趣的书；二是研究、解释至今仍是秘密的书；三是向常识、忌讳、挑战，在某种意义上属于异端书，禁书也在此例。十五位专家、学者不惜屈高雅之士之尊，以上述三点为标准，在拿来主义的开放心态下，选择了东方各国富有代表性的五十五部奇书，对它们逐个地进行提玄钩要，同时述其源头、流变及影响，使人们在读了那些新颖、奇特、轻松的故事后，通过对各民族生存方式的了解，从而对他们的文化特征获得一种感性的把握。可以说，这本书在知识性、趣味性、学术性上达到了真正的统一，因而，它在日本相当畅销，初版后不到半年就再版。

1966年前我没有条件看到奇书，1966年后中国又找不到奇书了，现在改革开放后，一下子又没有钱买全奇书，买全了也没有大把时间去把这些奇书看一遍。有这本《东方奇书５５》，就可以把东方各国的有名的奇书用十天半月的工夫就看到了。像伊朗的《女神》、古印度的《摩阿婆罗多》、阿拉伯史学巨著《金色草原》、中国的《金瓶梅》，若不在这本书上得以了解，恐怕今生不但看不到，而且也不会知道世上还有这么些奇书。

有了这两本书，我抄近游览了书的世界中的一角，若是有人把全世界的，或退一步，若是有人把全中国的上下五千年，或再退一步，若是有人把新中国成立以来的出版的书，像《书海夜航》的作者和《东方奇书55》的作者那样浓缩，该有多好啊。

若有了这样一本书，想看书就查查，觉得哪本书可以看就看哪本书，哪本书买不到就从这本书上饱饱眼福，再也不用担心把一本无聊的书从头看到尾，等到后悔时也晚了，再也不用为藏书少而遗憾了。

我到书店去了许多趟，也留心新出版的书目，就是没有发现这类书问世，我以为我的渴望是一种不可能的幻想呢。然而，就在我责怪自己的时候，小城里出了一个类似的《书海导航》的C先生，他把几乎中国上下五千年的书全都提炼了，你只要看看他的这部书，就会相当于拥有了一座中国的袖珍书库。按理说这样的书是畅销的，而且还是非常畅销。可是呢，C先生偷偷摸摸地花了一万多元钱买了一个书号，自费出版的这本书却只印刷了十本，书印得越少，成本越高。奇怪吗？不奇怪。因为这书的后面有故事。

C年轻时喜好读书，那时省吃俭用，见到好书就买。现在，终于用不着再省吃俭用买书了。有了钱后的C先生，刚刚开始时，是为了收藏书，后来他发现20世纪70年代二十万字左右的书只要几毛钱，到了20世纪90年代，同样厚的书就要二十多元钱了。心想，这东西增值挺可观。结果慢慢地，他的书多了，多到什么程度呢？多到省市藏书协会的人都来参观，甚至是图书馆馆员还要到他这里来讨教，多到家里放不下了，专门盖了一座一百多平方米的藏书斋。

C先生把藏书作为一种投资，但是很遗憾，他没有时间看书了，也没有兴趣看了，因为公务在身，而且整日沉迷于追名逐利，还有心情往书里钻吗？

C先生是有名利心的同时，还有虚荣心，他想把自己打扮打扮，因为外界都知道他藏书。藏书者，若是不看书，或是不做点学问，也就和看仓库的工人画等号了。于是，他编了一本厚厚的类似《书海导航》。书稿进厂，印刷厂的老板是一个读书迷，又是一个多嘴的人，看了说：“C长，你这书怎么不搞点个人发挥呢？竟把原著上的‘内容提要’原封不动地搬下来呢？这样你的才华失去了一个展露的机会！”C先生满脸通红，支支吾吾。恰在这时，国家开始惩治腐败，把用公款购书也列入了巧取豪夺之例，吓得他把原来计划印几千册的“书海导航”变成了仅印十册，并且其中五册交作协当作申报入会的资料，留下的五本仅做个人珍藏。书斋自我“尘封”起来。

羞哉！购书不看书，著书是复述！

找“枪口”撞的作者

一个星期天我去看一位作家朋友，几句寒暄后，我开门见山地问他在写什么大作，他说在搞“翻版”。我不懂什么叫翻版，于是他就侃侃而谈：“前人创造了许多传世之作，我就把这些作品拿过来，反其道而行之：把红的写成绿的，把白的写成黑的，把好的写成坏的，把已定论的来一个翻案。孙悟空本来是三打白骨精，一翻版，就成恋爱不成反成仇了；包公本来是一位刚正不阿的清官，一翻版，就成了地地道道的贪官了。借名著之名，抬高自己的作品知名度。因为对名著进行了篡改，就要引起争议，这就符合了文学的一种特殊规律——人们有猎奇的心理，争鸣的作品，易被人观赏。”他说自己在某杂志发表了一本新编小说就是一例。

他的那本小说讲的是抗日战争时期，新四军指导员郭建光率领一批伤员，在沙家浜养伤。在以阿庆嫂、沙奶奶、四龙等为首的支持抗日的人民群众掩护下，新四军的伤员们成功地躲过了日伪军胡传魁的搜剿，之后，又帮助新四军消灭了日伪军。这几乎是当年家喻户晓的故事，阿庆嫂和郭建光也都成了众所周知的可敬的抗日英雄。而新编的这部小说呢，阿庆嫂成了一只不会下蛋母鸡，做了伪军司令胡传魁的姘头，同时还是新四军指导员的情妇——把英雄变成了流氓，把汉奸变成了英雄，把一场新四军与日伪军的斗争变成了争夺女人之斗。

新编的这本小说一问世，立刻引起了曾观看过原戏的人们的愤怒和唾弃。这本小说原型所在地的人要对这部玷污英雄形象的所谓探索作品提起诉讼。

可是又怎么样呢？某杂志社发表了这部小说的翻版再度成为人们关注的焦点，作者也因此一夜成名。

我听了他这话，问他在写什么。他说你看吧，都在那放着呢！我往书桌上一看，有好几部书稿，一部是《贞女潘金莲》，一部是《〈铁道游击队〉新传——所谓抗日的铁道游击队是一伙打家劫车的盗匪》，一部是《红军长征是一个谣传》。我看了吓得吐舌头。

他没等我表态就说：“老兄，现在也不搞文字狱，不抓思想犯，怕什么？你看吧，我专门找‘枪口’撞，这几部书都得‘打炮’！”

小城诗人

1949年以后，中国扫盲，亿万人民中涌现出一批又一批的诗人。1958年至1960年有一批诗人，1966年至1976年有一批诗人，七亿人民七亿诗人。我朋友的朋友就是这两个造就诗人的时代成长起来的诗人。

这位诗人本是一名男子汉，他“春雪”的笔名，却容易让人把他误当成一个春风满面、肌肤如雪的女诗人。春天的雪是少见的，而且落地就成了春雨了，起这个笔名，很浪漫，也很有为万物复苏奉献的情意。

他写了不少的诗，几乎每个时代他都有诗在报刊上发表。有段时间，学校学大寨修梯田，他写的治山短歌：“不怕流大汗，不怕腰累弯，谁要耍尖滑，谁是王八蛋。”这骂人的顺口溜被当时的人吹嘘成样板诗；有次，他写了一首《无题》诗：“人有多大胆，地有多大产；没有耕地何所惧？移山填海造良田；困难大，大不过帝修反！帝修反，它也不过是咱历史车轮下的小泥丸！”当年写诗的人常常与政治结亲，他靠写诗走运了，先是到公社广播站，后来又到县里毛泽东思想宣传站，转了干，进了城，成了文化公仆。他的诗被县里油印成小册子发放到各公社，他走到哪，人们都称他为诗人，尊敬他。

但是好景不长，1976年之后，春雪也过完了风光的日子。市场经济和计划经济刚刚相遇的时候，人们对诗还有那么点留恋，对春雪也还有那么一点印象。他不甘寂寞，又思维敏捷，要编一本《乡土》，自封为主编。不和谁商量，也不向谁请示，更不经谁批准，便向各乡镇和周边的县发征稿信。这些信发的对象有几种类型：一是领导，不管他会不会写作，只要他有名利思想就行；二是业余作者，不管他写得如何，只要他想出名就行。这是纯文学，不赚钱，要出书需要成本费，所以用这堂堂正正的借口，又向每位交稿的作者伸手，按字数、页码收钱。这之后，又找到一群不明真相的领导寻求赞助，有的领导被他纠缠不过，花钱买个心静，赏点小钱，打发他走人。书名请本地最高长官来题写，把稿拿到本地国营的印刷厂。最后书印出来了，他却不给印刷厂的钱，说卖了书再给。

印刷厂无奈，向他讨钱时，他说："书没有卖，主要是印刷质量不好，我还想找你们呢，你看，这么大堆书，我这屋都没有地方放。你们要实在不答应，把这书拉回厂子吧。这书里的一大群作者也要问你们呢，领导还找我呢！"印刷厂也知道他是啥意思，所以不愿意和他扯了，也不去问他要钱了。

他到处去卖书，人家一看有当地领导的题字，摸不清来龙去脉，考虑也是有内幕的，不论贵贱，也不管是否能看懂就买。他得了甜头，就这样一本接一本地组稿编书，印刷厂则是打一枪换一个地方。

他名利双收了：赚了钱，又有了名，被当地誉为"文化伯乐"，省、市作协见他不断出成果，吸收他为会员，见他推销书闯出了一条自己的路子，于是又把一些人出版的，即将出版，但出版了也是成废品的书交给他。他把这些书摊牌给他编的书里有名的人，没有人敢不接，因为下次他春雪编书，那些人还想上稿呢！又见他和省、市里的作家们有关系，也想巴结一下子，结果春雪又赚了一笔钱。因为上边人的书价是有折扣的，他全价往下发，把折扣揣进了自己的腰包。省市作协见他这样有能力，免不了日后还有用得着他的地方，在会员之外，又给他戴上了理事的大帽子。于是，堂堂正正的诗人诞生了。

不过，纸里包不住火，他的行径渐渐露了相，人们提起他来都有点恶心的感觉。正是：那边戴上了作家的帽子，这边臭名远扬了。

远看作品近看人品，一条鱼腥了一锅汤。这就是在这座小城里，写诗人的名声再也香不起来的缘故。

两个作者争一个笔名

传说蒲松龄写“鬼狐传”时，为了搜集故事，在他家乡的路边开了一间茶馆，不论谁来喝茶，只要给他讲一个故事，这茶水钱就免了。不少喝茶的人在这里留下了故事。蒲老先生日积月累，收集了不少传说，又经筛选整理，做成一本《聊斋志异》。由于这书中的故事，都是在民间流传的，又经蒲老先生过了一遍筛子，成书之后，就更有群众性了，用今天的话来说，《聊斋志异》成了不朽之作，畅销书。

收集、整理这个活是不是从蒲老先生开始的呢？没有考察，也说不准，不能妄下定论。但是从他以后，确实出现了不少这样的作者。这也是一项艰苦的劳动，而且非常有意义。像《水浒传》《西游记》《三国演义》等，有人说这些书里面的故事不是封面上那个署名的作者创作出来的，而是一直流传在民间的传说，不过是署名者汇总、定型而已。最近又有人语出惊人，说《红楼梦》也不是曹雪芹写的，是什么人创作的即将失传的作品，被后人从即将朽腐的木牍上发现。于是，大家心急如焚，分工协作，把它分头抄写下来，由于弄不清作者是谁，署名便落了“曹雪芹”，也就是谐音：抄、写、勤。

记得有一次，爸爸从单位的书堆里翻出两本《中国民间故事选》（上、下卷）。这是当年中国社会科学院文学研究所所长郭沫若先生主编的。其中搜集了中国各民族的民间故事，从有人类开始，至红军长征止。近千个故事，让我爱不释手，捧起书来都忘了干活和写作业。后来被爸爸的同事看见了，说借家去给他的儿子看一看，过几个月就还我，结果这书一去竟有一年多也没有回来。

我那时是一个中学生，有人说，很多人的第一封信是情信，而我的第一封信却是讨书的信。我去信问他："借书时讲的是有借有还，为什么还不还我的书！"书后来追回来了，就是面目全非了——缺篇少页，狼狈不堪。我又心疼又生气，大鼻涕都哭出来了。其实，不是人家不爱护书，是争着抢着看这书的人太多了。我爱听，爱看民间故事，却不知收集整理民间故事。

有一次我认识了一个人，才对收集整理民间故事略知一二。那时，我家住的那个小屯子里有一个叫富得梁的老人，20世纪50年代就收集民间故事，整理了几百个幽默笑话故事。在生产队时，每到休息的时候，春天的田间地头，秋天夜战的场院，社员们总是围着他，听他"白唬"。有一个叫《摔王八》的故事，我现在还记得："苏老大领两个孩子去铲地，休息的时候，二儿子由于年纪小又好奇，到河滩钓王八，不一会儿便钓一个，马上又蹲那里继续钓。这里苏老大和大儿子又开始铲地了。当爹的喊：'小二，小二，干活了！'正聚精会神的小二见有个王八上钩了，就没理会他爹。他爹和他大哥起了疑心，以为小二掉河里了，便往河边跑，到了河边一看，啥事也没有，小二在那钓王八呢！他爹很生气，质问小二：'我喊你为啥不回答？'小二回答说：'我怕王八听见。'小二的爹虽然觉得小儿子的话有点不中听，但也没有发作，又问：'那你也该站起来呀？'二儿子不满地说：'我站起来王八不就看见了吗！'小二他爹再也忍不住了，上前就打了他两个耳光，二儿子被打火了，'啪'的一声把王八摔在地上。这时站在一边的大儿子上前责怪道：‘小二，这可不对了。爹打你是为你好，你哪能摔爹呢！’……”人们听的时候喜欢他，听完了却说他净瞎说，因为他一直都是光棍一人。但是别人咋说他都不在乎，一直认为自己是蒲松龄第二。

他把收集的故事编成了一个册子，从不外借，说将来要是时来运转，出一本《笑传》。打倒了四人帮，有一年县里开业余作者会，邀请他，他带着这部稿去了。文化局的一位干部慧眼识珠，把这本稿子留下，说要帮助他往上边推荐出版。一月以后，他的稿子被寄回来了，还附了那位干部的信，肯定了他收集的意义，但说目前还不易出版，等日后帮助云云。富得梁把这本稿子从头到尾翻了一遍，发现稿中混了一页复印的《笑传》。他苦笑道：“我老富收集了大半辈子，他用一个月的工夫就给我复印走了！”

一年以后，富得梁到集上去卖猪羔，在书店里看到自己那《笑传》出版了，激动得叫出声来，把卖书的小姑娘吓了一跳，还没等他对人解释为什么那么惊讶，他就傻眼了——那书的作者署名是“小草”而不是他。他顿时就明白了。他用卖猪羔的钱买了一捆《笑传》，坐车到了县城里，敲开了文化局办公室的门，恰好那位帮助“推荐”的官员也在。他进屋开门见山地说：“我来赠书来了，我的《笑传》出版了！”把书拆开就发。

人们有认识他的，一看那署名是小草，说：“富老师，这不是小草著的吗？”富得梁爽朗地回答说：“我就是小草，小草就是我，笔名嘛！”这一下子就炸锅了。这事演绎成马拉松式的案件，核心是：弄不清谁是小草！

国画家梁冠山痴心作画

梁冠山年轻时在长春皇室当过画师，曾推荐过齐白石。我的邻居梁老汉是国画家梁冠山的侄子，他因受叔叔的影响，有着与众不同的生活表现。

这老头原来是昌图站乡的畜牧助理，退休在家，留着一把洁白的山羊胡子，穿着黑大褂，手里拿着一根梨木手杖。每当上街，他总是骑着一台女式的小坤车，人们不知他的名，但是只要说一位骑着女式坤车、留着山羊胡子、手拄文明棍的老头，人们就会说认识。

他在果园的山脚下盖了一幢八角草屋，起名叫“老来乐”。老来乐的基础是青石，坐落在河沟边上，四周植花种草。外面涂泥，里边是砖，一座好好的砖屋硬是用泥涂上，给人看好像是一座泥坯的屋子。他怕我不信，还专门把泥抠下一块让我看里面的砖。

冯德良介绍，梁冠山原来是满洲国长春皇家画家的画师，有一年满洲国皇帝要开办画展，让梁冠山来当评选负责人。当时齐白石还是一个木匠，也来长春参加画展，可是由于他的地位低，没有名分，所以他的画就没有资格参展。齐白石想来想去，托人把画送到梁冠山的手上，梁冠山一看这画，当时就叫好。他把齐白石找来，一见面，知道齐白石比自己年纪大，当面一谈，更觉齐白石是一个人才，以兄相称。因有梁冠山的举荐，齐白石的画一下子就有三幅获奖，他因此名声大振。

一晃满洲国倒了，齐白石画画不止，梁冠山回到了昌图县万安乡的巴棵村当了一位农民。他当年的名字锦云，名献廷，名字的意思是把自己的一生献给朝廷。梁冠山回到家乡时总怕政府找他，所以总是不声张，自己在家独居，在困境中生活，养了八九个儿女，生活非常困难，住不起房子，就用坯垒了一个仓住。

他有一个几亩地的果树园子，有桃、梨、杏，屯子里许多小孩子到了果熟的时候就去偷。这要是轮到别的村民，家有果园子，遇到孩子或大人，还会主动送人吃，而他却不是这样。谁家的小孩子偷他的果子，他就要找到家长告状，家长就会打骂自己的孩子，这样一来，孩子因不懂事偷嘴，家长打了孩子，孩子就恨他，家长心疼孩子也恨他，所以屯里的群众关系不好。大家都认为梁冠山小气，但他却说："我栽的果树是吃的吗？这果园是我的写生园地！"果子熟了落在地上也不捡，梁冠山要看着果子是怎么烂的。

因此，他个人一有事，屯子里没有人肯帮。他的院子里有一个大碾盘，他想在上边支起一个小棚，搭一个简单的凉厅，夏季就可以在这里写生，可是没有人肯帮他支架子，后来他花钱顾了几个人才帮他完成这个小小的工程。

一次，冯德良和他赶大马车到县城里办事，走到中途马发怒了，老板忙着管牲口，他一看梁冠山就被吓了一跳——梁冠山伏在地上看热闹呢。

老板说："三叔啊，你干啥呢？吓死我了，我以为你受伤了呢！"梁冠山说："我看看这马怎样扬蹄子的！"

还有一次，梁冠山和人进城，走半路遇到旋风，没等旋风到眼前，梁冠山便扑倒在地上，同路的人问他风没到跟前怎么就刮倒了，梁冠山说：“我是想看看这风是怎样起怎样落，怎样旋的！”

一个人若热爱某事不达到如醉如痴的地步，也许不会真的成功！

第四编　岁月留痕

过去的岁月带走了我们的年华，带走了我们的幸福，带走了我们的痛苦，带走了我们的欢乐，却带不走我们的怀念和沉思。人的心永远憧憬着未来，而那过去了的往事又成为难忘的怀念。

童心犹如一片净土

1956年的3月18日我来到人世。出生的日子无论离我已多么遥远，都是我永远不能忘却的日子，遗憾的是，人永远忆不起出生时的一切。

一个生命的诞生，虽然比一个生命逝去的场面要逊色得多，但却充满了喜悦。长大了听妈妈说，百里以外的奶奶，在我出生的头一天就赶到县城，守护我的妈妈；远在乡下的姥姥倚门翘首；亲人们关注着我，他们不知道我会是男孩儿还是女孩儿，是丑还是俊，那企盼和担忧交织在一起的心情该是多么幸福和痛苦啊！我的家住在县政府的大院，我的第一声啼哭就响彻县政府大院，我的第一次微笑也荡漾在县政府大院。从此，我和我的同龄人的哭与笑便和历史相连在一起。

如今，呵护我，盼望我长大的亲人陆续离开了我：爷爷、奶奶、姥姥、舅舅、爸爸，把我视为掌上明珠的亲人……有的还没有得到我的一丝回报，就永远离我而去了。是啊，在这个世上有许多栽树的人，他们用心血和汗水将小树培养长大，自己却离开了，唯有后人在这大树下谈笑风生。会有人记得栽树的人吗？假如我是一棵大树，在我身边的人，会想到曾养育我成人的亲人吗？

我的爸爸在我降生百天之后才回到妈妈的身边。那时，他是团县委的宣传部长，他和共青团员组成的青年突击队在太民水库的工地上奋战，那群狂热的青年们需要他，我知道，他的心里不可能没有我和我的妈妈。我的爸爸生活在一夫一妻制的时代，我是他的长子，他没有听到我的第一声啼哭，也没有看到我的第一丝笑意，这是多么的遗憾！爸爸从工地回来了，捧回了一张奖状。这张奖状至今保存在我的书柜里。是它抢夺了爸爸的天伦之乐，推迟了我和爸爸相见的日子。太民水库在不久后成了时代的殉葬品，爸爸付出的代价是高昂的，得到的回报是晚年的感叹。

爸爸从工地回到久别的家时，夜已经很深了。他一进屋，一脚踩进了炉坑子里，摔了一个跟头，手正好按在铁炉钩子上，气得一下子把炉钩子摔出去。本是回来看儿子的，心情一下子败坏了，只是在微弱的灯光下草草地看了我几眼，倒头便睡了。爸爸当年才二十二岁，还是一个大孩子，有了儿子，还不懂得做父亲的自豪。有人来串门，他就对妈妈说："快用被把孩子裹上，推一边藏起来！"仿佛结婚和生孩子是让爸爸抬不起头的事情。

爸爸渐渐地喜欢我了，但对我是爱而远之的。这是因为一次爸爸抱我，我不知深浅，尿了他一身尿。从此以后，我很难再到他的怀抱里了。到了我上幼儿园时，爸爸才胆大起来，敢让我骑在他的脖子上，踩在他的肩头上，站在他的脚上蹬机器玩。爸爸再高兴时还在炕上俯下身给我当大马骑。

我长到三岁的时候，爸爸在周日或茶余饭后会领我到街上散步，我总是和他手拉手，这样我便不怕生人，也不怕马路上的汽车和马车了。可是爸爸呢，总是爱背着手走路，边走边思考着什么，嘴里还背诵着什么。我们各走各的路，我跟在爸爸的身后边，生他的气。妈妈领我上街时，手拉手还怕我走丢了呢，他却不看我，我就故意停下来，看他找不找我。爸爸走了好几步，很快就知道我没有跟上来，便停下来等我，这时我就撒谎，说："我走不动了。"爸爸就回来背我走。经过这样的几次吓唬，爸爸再也不敢落下我了，我也有了常常趴在爸爸身上逛街的机会。回到家中，我当着爸爸的面向妈妈和奶奶告爸爸的状，说爸爸有架子，走路背着手，不领着我，迈大步，我都跟不上。爸爸被我妈妈和奶奶责备了一番，他不生气，反倒笑了，他没想到自己的儿子对他有意见，还给他扣上了"有架子"的大帽子。

我最愿意和奶奶上街，奶奶进城就找不到东南西北，记不住自己的家门。出门后我是她的向导，我领着她，她说她离开我就找不到市场，找不到家。我和奶奶走在一起非常自豪，这是我重要性的最好证明。

爸爸教我唱的第一首歌是《小燕子》，那歌词是："小燕子，穿花衣，飞呀飞到北京去，祝福带给毛主席……"长大了我才知道，那首歌词压根就没有这些话，这是他为了从小就培养我做共产主义接班人而为我现编的词。

一次，妈妈抱我到团县委的办公室。看见墙上挂着毛主席的像，妈妈告诉我这是毛主席，让我说："毛主席万岁！"那时我的奶味未干，连十个手指头都不会数呢，哪里懂得"万岁"的含义，也不知道北京和毛主席的意义，就知道妈妈和爸爸不在我身边时是我最大的痛苦。也许我还在妈妈腹中的时候，他们和他们周围个人崇拜的信息就开始向我进攻；牙牙学语时，父母就和中国成千上万的父母一样，不管孩子懂不懂，就向我们灌输他们的观念。

童年的心如一片净土，春风吹来花籽，这里便绽开美丽的花朵；远方飞来小鸟，这里便是它自由的蓝天。父母是守护这片净土的园丁，他们在这里播下的种子，预示着他们拥有什么，和他们自己所处的时代将要享有的一切。新中国的第三代人就这样被上一代人熏陶着，埋下了一个民族前进路上的障碍：1976年的9月9日，我从没有见过的毛主席，竟让正在服兵役的我哭得泪流满面，远远地超过了爷爷奶奶去世时的悲伤程度。

要清除一个时代潜移默化的观念，如果没有信仰地转变，是不可能的；为了清除陈旧观念所进行改革开放的教育，又或多或少地潜伏下新的障碍——一切向钱看。人，总是试图解放自己，又总在禁锢自己。

1956年的3月18日，命运之神决定了我的亲生父母，这是我和我的父母关系的开始。一切事物的开始都蕴含了结束。爸爸在我百天时才来到我的身边，也许正是这种父子关系的开端，才决定了我和爸爸的联系：他的心里有儿子，实际中又总与儿子处于一种距离。爸爸很少和我谈话，他一生以工作为本，长大后我就参军去了，脱下了军装又开拓自己的生活，与爸爸在一起的日子很少，现在爸爸离开了我，留给我对他不尽的怀念。

1956年的3月18日，命运之神也让我开始品味人生的酸甜苦辣。

王大奶

幼儿时，我们家住王大奶的房子。王大奶有好几个女儿，个个有出息，但是都不在她的身边：一个在北京读大学，一个在莫斯科留学，另外几个女儿也在大城市工作。王大奶丈夫去世了，她在城里收房租生活。

旧社会给了王大奶一双饺子般大的小脚，她说话山东腔调，唤我的乳名“小寒”，却总是喊成“肖汉”。一双混浊的小眼睛，几乎看不见里边的黑眼仁，我总是以为她看不到，自以为是地在她面前捣蛋，可是我一淘气，她却看得一清二楚。她的脚小，我走起路来，王大奶跑也抓不到。

王大奶爱干净，六十多岁了穿着洁白的布衫。也不知她过去做过什么买卖，家里的摆设都是古色古香的，有和我一样高的蓝花瓷瓶，还有铁梨木的桌椅，还有我叫不出名来的稀奇古怪的玩意儿。

那时，王大奶的院子里有我们和另外一家房客，那家姓魏，有一个比我大一岁的男孩，还有一个比我小一岁的女孩。王大奶爱小孩，格外喜欢我，女儿们给她买的糖果，每次都给我一份，我积下了好几个王大奶送给我的精美的糖果盒子。每当我从幼儿园回来，王大奶都会过来看我，还常把我带到她的屋里玩，我可以摸那只花瓶，可以坐在她的行李上，还可以和王大奶比谁的脚大，还能搂着王大奶的脖子窝在她的怀里。

王大奶希望我长大了也上大学，上北京，做一个有出息的孩子。她的小女儿王老姑，是一个正在读大学的姑娘，我们俩成了忘年交。她每次回来都给我讲北京城里的故事，后来她毕业被分配到辽宁的朝阳地区做林业工作。她领我上街的时候，看见街上栽花种柳，就说，在她们的朝阳，路边上栽着苹果树，我听了非常惊奇，问："那树上的苹果能随便摘吗？"王老姑笑了，说："到处都是苹果树，现在刚栽上，将来棵棵树上都挂满苹果，那时，人人都可以吃；吃不了还要送给苏联呢！咱们的老城，将来会在路边栽上苹果树，苹果树下能乘凉，还能结果，苹果下来了，不用买，想吃就摘。"听着王老姑的话，我陷入美好的向往，盼望着大街小巷的空地上早日长起苹果树来。然而四十多年过去了，生我养我的那座小城，路边竟没有长出一棵苹果树，仍然是半死半活的杨柳树，长得秃秃的，矮矮的。我那美好的向往成了白日的幻想和夜里的梦，费去了我许多脑细胞。

我和王大奶两年多的祖孙情谊奠定了一世的感情。她把对儿孙的爱给了我，使我懂得亲情之外也有母爱的存在，我幼小的心灵产生了对陌生老人的敬重和信赖。在离开王大奶之后的日子里，我对认识的和不认识的老爷爷、老奶奶都有一种亲切感。

我五岁那一年离开了老城，此后，我只见过王大奶三次。

1964年冬，我已上小学一年级了。这一天，太阳刚刚落下去，家家便点上灯。我趴在炕上写作业，听到房门响，传来一个久违的熟悉声音："是小寒家吗？""啊，王大奶！"王大奶风尘仆仆地进了屋来。

王大奶从老城到新县城来，坐了二十多里路的车。天寒地冻，人多车少，一路没有座，六十多岁的她颠簸五个多小时，下了车又横过铁路，翻沟过坡，走田间冰雪小道儿，一哧一滑，步行了七里多地来看我。

王大奶说："一到有房群的地方，我不找大人打听道，专找小孩子们打听小寒，小孩子们比你们大人出名，一听找小寒，好几个小孩子来送我。”王大奶摸着我的头和脸，无比满足。全家人都希望她多待几天，她说看到我就行了。匆匆来，匆匆去了。

我十六岁那一年的春天，家迁到了县城最北部的八面城区横道子屯。七月的一天，王大奶又来看我。她居住的老城离八面城一百多里，八面城又距我们家八里多地，乡间的小路曲折，路两边生着柳树，遍地青纱帐，大姑娘和小媳妇都不敢一个人走路，怕狼、狗、坏人。王大奶想念我，什么都不怕，这一次王大奶在我们家住了半个多月。我天天早上恋恋不舍地离开家，放学后跑着回家。我和王大奶在一起，又回到了欢快的童年。

王大奶和我没有血缘关系，但是她的心中却为我开拓出一片任亲情也挤占不去的美好天地。

我十八岁这一年春季去看望奶奶，途中到老城倒车，老城是我的出生地，我喝着这里的水长大。踏上这块土地，花草树木都有如亲人般的温情，每一眼望去，每一处都勾起我对无忧无虑的童年时代的追忆。我站在车站里回忆许多往事，一个熟悉的身影突然像梦一样映入我的眼睛，我几步窜过去，拉住一位穿白上衣的长者的袖头，惊喜地叫道：“王大奶！”老人回过头来也惊喜地叫道：“小寒？小云，来，你来排队！”队列外一个和我年纪相仿的姑娘过来排队购票。她是王大奶外孙女，在营口的一个地方接受贫下中农的再教育，看罢姥姥准备返回去。王大奶匆匆地送走了她的外孙女，强行让我退了车票，手拉手地把我领到家。

王大奶家的院落还是从前的样子，西屋的房客是三口之家：一个老头，一个老太太，还有一个和我年纪相仿的姑娘。他们见王大奶送走了一个姑娘又领回一个小伙子，很好奇。老头问：“来客了？”王大奶用高嗓门自豪地回答：“这可不是客哟，这是俺小寒，在这院子里长大的孩子！

那阵子呀，他才四五岁，一晃长成大小伙子了。走，快进屋！”王大奶把我带进屋里说：“看，这炕檐还是你小时候那个，这门也没换。小时候你喜欢搬门，门这地方是你坠坏的，你还记得不？我找人修好几回呢！小时候啊，你就是不愿意上幼儿园，大奶气得还吆喝过你呢！老房子老地方，人啊，来了一茬又一茬，哪一家都赶不上你们家，谁家的孩子都赶不上俺小寒啊！小时候啊，小寒又仁义，又干净。今天大奶给你包饺子，啥活也不用你干，你陪大奶唠嗑就行！”王大奶屋里的墙上挂着一张毛主席像，炕上有一个袖珍的半导体，一切摆设依旧，样样有条有理，房角连一丝蜘蛛网都找不到，炕头的铺盖整整齐齐，像军人的内务一样整洁。那把蝇甩子还是放在老地方——睡觉位置靠边的墙上。

王大奶孤独地留在了这个古城小镇，陪伴着这座老宅，不知是她不愿意给远方的女儿找麻烦，还是割舍不下丈夫在这里给她留下的恩爱记忆。我坐在王大奶的身边，默默地流下了泪，也陪伴王大奶度过了一次祖孙长谈之夜。

那一次分别的几个月后，我就中学毕业参军去了，从那以后，我就再也没有见到我的王大奶了。复员后，我在那座古老的小城里多次寻访我的王大奶，却没有人知道她的下落，老宅易主，并且已经换了主人。也找不到她的儿女们。人们听我说起王大奶，仿佛听着一个久远的传说。

我知道王大奶已作古了，不知她安眠在哪一方，哪怕千山万水，我也愿前往亲手为她献上一束挂着我思念泪珠的鲜花。

两个小土豆

我出生的这个小城是北国的名镇。据史书记载：秦时起，这里就有了人烟，设过辽海卫，明朝前还出现过渤海和科尔沁两个自由王国，不知什么原因，这里又一度悲凉，成为一片大草原。

清朝后，一度淡了的人烟又遍地燃起。嘉庆年间，这里设立了昌图府，并且再度繁荣，人文景观兴而不衰，古迹名胜二十多处，《奉天志》载录的前贤、节烈、英杰、逸才达一百五十名之多。北宋年间，宋徽宗和宋钦宗被金国掳往五国城，曾经过这里的属地亮中桥，金人把他们放在井底，于是这里有了他们坐井观天的传说。秦桧曾被囚禁在附近，大清王朝的忠臣良将僧格林沁在这个小镇的文昌庙里读过书，梁肃戎在这里度过了中学时代……

新中国成立后，小镇上也出了不少名人：台湾海峡两岸和平促进会长梁肃戎、作家端木蕻良、书法家佟伟、神舟五号设计师王永志……

镇内一条大河从街中心由东向西流去，两座木桥横跨河上，两岸长着榆树。1912年城南建成花园一座，水中荷花无数，有水榭凉亭。城中有文庙、武庙、城隍庙、狱神庙、八蜡庙等。小城富有江南水乡的诗情画意，又古色古香，同时还具有现实的政治色彩：内蒙古地区残留下的青砖瓦舍，国民党留下的伤心楼，共产党建设的红砖房和革命烈士纪念碑与古迹并列耸立……

小镇历史悠久，秦汉的风土、明清的习俗、共产主义的教育在这里交织在一起。我在妈妈的怀抱里逛过文庙，游过花园，俯视过东西小桥的流水，参观过革命烈士纪念碑。妈妈和爸爸经常带我到电影院和俱乐部看革命的电影和戏剧。我从这里感受到了生我养我的小城与爷爷、奶奶、姥姥居住的乡下的差别。县委会大院给我留下了深刻的记忆，在那里发生的两个小土豆的故事，让五岁的我懂得了做人的道理。

县委会后院有一片地，每个机关分得一块耕种，谁种谁收。春天来了，这里种着玉米、豆角、土豆。我看见红的、黄的、白的、粉的玉米缨，身心进入一个清新、宁静、鲜嫩的意境。土豆花开了，像冬天的雪，在太阳底下散发着湿润的光芒；豆角蔓子爬上玉米秆，粉红的花瓣半开半合，像布娃娃似睡非睡的眼睛；彩蝶在土豆花、豆角花上时飞时落。妈妈领我到团县委的地里，摘我们家分的那份豆角，教我认识植物的名称和它们的特点。于是我知道了，玉米棒子结在秆上，豆角开花了，结出的果挂在蔓子上；土豆偏偏开了花后，把它的果埋藏在土中。

我非常好奇，土豆在土中偷偷长，谁能知道它到底长没长呢！我背着妈妈，用手悄悄地抠，果然摸到了两个鸡蛋大的土豆。我兴奋得涨红了脸。妈妈告诉我："这土豆不是团县委的，咱不能动，快送回土中。"我不听，不甘心地央求妈妈，非要不可。妈妈无奈，而且她也知道土豆再埋进土中不会再长到秧上了，只好依了我。无可奈何地叹了一口气，把那两个小土豆放在筐里，告诉我："只能这一回，到了家你爸爸说你我不管啊！"

我知道这是很不光彩的事，想背着爸爸吃掉这两个小土豆。可是，晌午吃饭还是被爸爸发现了，为此，他和妈妈生了气，险些把这两个小土豆和饭碗给我摔了。小小的我，红红的脸，为我的嘴馋既害怕又害羞，我说："我以后再也不这样了，人家的东西不要，公家的东西不偷。"爸爸才把这两个小土豆判给我。我含着眼泪吃了这两个小土豆。这两个小土豆，像两枚种子在我心中生出了果，时刻告诉我——不能贪占集体的东西。许多年之后，妈妈提起这事，还叹着气说："为了孩子，脸都不要了。"是我难为了妈妈！

从这两个小土豆开始，妈妈在物质上对我管理严厉起来。西院有一户姓赤的人家开着染坊。人多很热闹，小孩子们爱到那里玩。一天，我跟着一群大孩子去他们家玩，人家正在煮酱豆，大人见到我这么小，竟然也跟大孩子一起疯跑，便问："这么小个孩子，你们谁领出来的？快把他送回去！"我当然不肯回去。为了劝我回家，人家把熟酱豆放在我的衣襟上，让我兜着回家吃。我有了吃的，高兴了，便回家了，自己一粒也没舍得吃，想给妈妈尝尝。

妈妈正在洗衣裳，看见我要了人家的东西，不问青红皂白，把那黄豆粒全都扬进了炉坑里。

我眼巴巴地看着到嘴的东西没有了，急得大哭起来。心里想，这是人家给的，又不是我要的。妈妈蹲在我的面前，一边擦我的眼泪，一边说："儿子啊，人家的东西，咱不能偷，人家好吃的东西，咱也不能馋，连瞅都不瞅。大人不在跟前，别人给什么都不要。这样的孩子长大了才会有出息呢！"妈妈告诉我的道理我懂了：我的东西我珍惜，别人的东西再好也不能起贪恋。

我哭着表示听明白了妈妈的话，妈妈高兴地抱起我来，把我举得高高的。

迁 居

1960年冬的一个黎明，冰雪路上，寒风中，一辆马车从城里出来，在荒废的古道上向远方驰去。车上载着爸爸妈妈和我，还有正在吃奶的二弟。

干部家属大下放，爸爸带头报了名，我和二弟随妈妈的户口从此由城镇户一下子成了农村户，这一变就是二十四年。这一次我们像流放一样迁到了老城西南二十多里地的马仲河公社。

妈妈抱着二弟，披着棉花被，我伏在妈妈的身边，棉花被挡不住严寒，冻得我的脚像针扎一样痛。我不知道什么时候才能到那个陌生的地方，我把头从被中钻出来，外面黑洞洞的，只有点点月光照亮我们前行的冰雪路。马车在没有人烟的乡野古道上颠簸。妈妈见我不老实，把我强行按进被里，车板冰凉，我靠在妈妈的怀里取暖。

马车载着我们全家四口人，也载着我们的全部家当——一对红箱子，两件被褥和锅碗瓢盆。长大以后，我才知道这对红箱子的来历：父母结婚时一贫如洗，生了我，连装我的尿裤子和尿布的纸箱也没有，爸爸妈妈决定做一对箱子。可是钱从哪里来呢？想来想去，决定让妈妈带我去姥姥家住。带出去两张嘴，爸爸一人在家省吃俭用，从工资中挤出了一点钱做了这对红松木箱子。红箱子伴着我长大，如今它保存在我的仓库里，它的样式和陈旧的程度已无法放在房间，但是我却舍不得丢它，每当我看见它，就想起了那贫寒的岁月，体会到爸爸妈妈在生活的苦海中挣扎的艰难。

我留恋喧嚣的小城，想念王大奶，想念同院比我大不了多少岁的小男孩和一个比我还小的女孩。男孩叫小燕，女孩叫小平，他们是亲兄妹，又都是我的好朋友。小燕有一个伟大的发明，他告诉了我，但是他使我挨了妈妈的骂。那时，每次上厕所，完事后，都找妈妈擦屁股。小燕笑话我说："都大了还要妈妈擦屁股，羞羞！"原来，他上完厕所，捡起地上的土块往屁股上一划就完事了。我一看就会了，但是我嫌土块脏，他叫我用砖头和石块。妈妈见我上完厕所提上裤子就和人家玩去了，也不找她，便把我抓回来，问清之后，不许我再这样办了，从此以后也不愿让我再和小燕玩，怕他再出什么新招把我带坏了。但是妈妈看不住我，我还是偷偷地和小燕玩。小燕教我许多淘气的玩法。如，他有了屁，就在小孩子堆里一边嘴里说着"是我的兵，跟我走；不是我的兵，加屁嘣"，然后冲那小孩儿放一个响屁。孩子们是不懂美丑的，只要玩得开心就高兴。

离别了小燕和小平，我想他们，但是我不懂得如何表达，只能悄悄地上火，嗓子疼起来，伏在被中不吱声。

终点的房子没有定妥，老城到马仲河只有二十华里，但旅途中还找了一户农民家住了下来，因为走得太急，前方租的房子没有落实，只好临时住在那里。住了几宿，我们家的东西就开始丢了，我的小手枪也被他家的小孩子给偷去了，我眼巴巴地看着那家小孩子拿我的手枪玩，妈妈就是不让我讨要。几天后才离开这户人家，到了马仲河。

房东是一户老两口子，都六十多岁了，老太太卧床不起，老头子天天做家务。他们把我们看成流浪者，瞧不起我们，在对面屋住着也不串门，见面也不说话。我本来是爱和老奶奶、老爷爷在一起的，这气氛让我不敢乱跑了。妈妈整天把我关在屋里，我只能在炕上和地下转转，拉屎撒尿才能到外面去，好像关入笼中的小鸟，没有自由，也没有欢乐，更没有朋友，寒冷和饥饿包围着我。我每天刮掉窗户上的霜花，向外看，看到的是粪堆、污雪、寒风中抖着叶子哗哗响的篱笆杖子，心里有说不出来的孤苦。这里离火车站有半里来的路，火车进站，山摇地动。每到周六，妈妈抱着二弟，领着我去火车站接爸爸。爸爸仍然在团县委工作，我们十有八九接不到他。母子三人踩着积雪，冒着寒风，在夜色下可怜巴巴地回家。

有一天晚上，我又和妈妈来接爸爸，在候车室里，没有暖气，也没有炉子，寒冬数九，冻得我直哭。妈妈和人家说小话，工作人员允许我们进他们的办公室。办公室里温暖如春，有一个茶几，上面放着一个圆圆的玻璃鱼缸，养着红色、蓝色、黑色的小鱼，它们自由自在地在水中闲游。我被鱼吸引住了，屋中年轻的工作人员肯定是鱼的主人，看见有人欣赏他的鱼，显得很高兴，让我趴在鱼缸子边上看。妈妈让我离那远点，小伙子却说："没事儿！"实际上他目不转睛地看着我，怕我在他不注意的时候抓鱼。我看呆了，忘记了寒冷和饥饿。20世纪60年代的时候，还有人创造着美好的环境，在这小小的北国车站，严冬里竟然还有这样的春天，我孤独的童心里有了对生活的热爱。但是，人们说："大鼻子要打过来。"火车站上一列列的军车拉着大炮，拉着当兵的。火车站距离我们住的地方这么近，敌人来了，我想我们跑也跑不掉。我还不知道死的滋味儿，但从电影里看打仗的镜头和大人一说大鼻子来了那副害怕的样子，我的心里就很害怕，晚上就会做噩梦。五岁的我，只在人生路上走了短短的路，童年里便充满了忧虑。

两个黏豆包

1964年春节前几天的一天夜里，我在熟睡中被归来的爸爸唤醒了。爸爸把两个冻得像石头一样硬的黏豆包放到我的面前。六岁的我吃不饱，看见了这两个黏豆包，像饿狼见了小羊羔，张开大嘴就要吃。爸爸说："你先别吃，听我告诉你，这两个黏豆包是谁给的。"原来，这两个黏豆包是爸爸从百里以外的奶奶家带回来的。

大伯和大娘是民工，生产队改善伙食，他们分到了两个黏豆包。但是他们舍不得吃，拿回家给我的爷爷奶奶吃。爷爷和奶奶不肯吃，给了他们的老儿子——我的爸爸，让爸爸带给我。这两个黏豆包成了我节日的佳肴。

那天晚上，妈妈劝我先啃一个，另一个留着过年的时候给我吃。我没有吃够，但也只好听妈妈的话，盼着快点过年好再吃那个黏豆包。

民以食为天，小小的我，除了吃，还能有什么企求呢？那时，中国人缺的东西太多了，粮食是奇缺。家搬到马仲河，爸爸在县机关，妈妈领我和二弟在生产队吃大食堂，每天每顿按人头分一碗黑泔水似的高粱米面掺糠的汤，妈妈先给我留出一碗来，然后，她再把自己的那份掺上从地里捡来的煮熟了的干白菜帮子。我的那份吃完了，还眼巴巴地看着妈妈的碗，妈妈能咽下去吗？把她的那份几乎都给了我，她吃糠咽菜都吃不饱，还要奶二弟，那是一个什么样的年代啊！

每周，妈妈坐火车到县城里去一趟，领国家供应的高粱糠，回家后从糠里筛出一把高粱米，煮熟了给吃不饱奶的二弟。

一天早上我出屋去解手，看到房东泼出一盆水来，水中有一颗玉米粒，我和一只芦花鸡一同看到了这颗玉米粒，都跑着去抢，结果，玉米抓到了我的手里，脚却绊在了一把横放在地上的镐刃上，脚脖子上被大镐刃划开了一个大口子，白肉翻着，鲜血染红了地上的冰雪，妈妈把我抱进屋来，脚脖子上从此留下了一块二寸长的伤疤。渐渐懂事后，我渴望当兵，因这疤，我不能当空军，因为空军不能有伤疤；长大后当了陆军，也险些因这疤没有通过体检。

那时的冬天，妈妈顶风冒雪去野地里捡玉米粒和豆角粒煮给我吃。姥姥打发舅舅给我们送他们从牙缝里挤出来的粮食，怕让人给没收，把玉米炒成爆米花，可还是没有躲过民兵的搜查——舅舅到马仲河车站下了车，民兵就把爆米花搜查出来没收了。第二天，妈妈和舅舅到大队开了一张证明信，到车站找民兵要爆米花，但是爆米花都让民兵给吃光了。

那时，我和二弟饿得脑袋大，眼睛大，脖子和胳膊腿一天比一天细。

粮食啊，超前地在我幼小的心灵里显示出它的珍贵！当年的两个黏豆包让我吃了两天，两天里悟到的道理使我铭记终生。每当我看到从小就丰衣足食的孩子们，就更加可怜那个年代的天下父母。感谢这个时代！

大坑·古井·地平线

1961年的元旦一过，五十多岁的姑姥爷赶着大马车来马仲河接我们。妈妈领我们到远离县城、远离火车站、远离公路的头道沟公社去居住，那里是姥姥家住的地方。姥姥家也生活在饥饿之中，但人口多，一人少吃一口，牙缝中挤出来的也能保证我们不至于饿死了。姥爷姓张，屯子中的张氏家族是当地开荒占草的大户，几户外姓人家也都和张氏家族联了姻。从此，我到了处处都充满亲情的地方，也走进了乡间大自然的怀抱，走进了乡土文化。

屯子中有一个很大的积粪坑，有两层房深，就在路边。冬天，社员一镐一镐地把冻得像石头一样硬的粪块刨成大大小小的块，再搬到坑沿上去。坑沿上堆成了粪山。开春了，社员又把这粪块砸碎，赶着马车往地里送。夏天，大马车起早贪黑地，一车接一车地从野外往大坑里拉草坯子，嫌雨水慢，马车装上水箱，从大河里往这大坑里拉水。大坑填得和大道一样平了，上面浮着草，走着鸡鸭，人不小心，也会从道上滑进去的。有一头牛不识路，去吃浮着的青草，结果掉进坑里，活活没了影。

夏天，太阳把大坑晒得发臭，水面啪啪地冒泡。坑面上蚊子、蝇子像一层漆黑的、飞舞的雾。岸上长着几棵大柳树，屯子中的许多人茶余饭后就在大柳树下谈天说地，谈古论今，南朝北国，大话玄话，讲起来没完没了，常常到了深夜，这里还烟火闪闪。人们习以为常了，不怕大坑的臭气，像城里的人爱公园一样爱这里。大坑成了屯子里人们政治文化的中心。我的大姥爷会择日子，谁家跑没了猪，或办什么事不知顺不顺利时就来找他。他坐在树下掐着手头，嘴里默默地念叨着什么，然后就告诉你如何去找；五舅会拉二胡，也不管别人听得懂还是听不懂，爱听不爱听，他拉他的；小孩子在这里摔着泥娃，任凭大人喝骂，照玩不误；当生产队长的四舅也在这里和人们商量生产上的事儿。

屯子里的中心地带有一口老井，像毛主席在瑞金挖的那口井的样子，不同的是要往上摇斗子提水。井是家家离不开的地方，也是小孩子嬉戏的场所。夏天，车老板来这里给牲口饮水，我们借牲口的光来喝拔凉的井水；冬天，我们寻冰溜子吃。井沿是一个很好玩的地方，有一回，我大姥姥说："在井沿上路过，听到井下有人说话，细听，一个年轻的妈妈喊孩子回家吃饭。"她说井上有啥，井底下就有啥。我听得入迷了，于是总想下井去看看，常趴在井沿上听、看，但结果总是让我失望：井里只有静静的水，和我的影子。

舅舅家的二哥走了一趟井下的世界。那是夏季的一天，太阳快落山了，七岁的二哥和大他一岁的小伙伴国青到井沿去打水。国青摇着把，井下的柳罐斗子被提出了水面，晃悠到了井口，二哥去抓柳罐斗子，国青的劲太猛了，柳罐斗子继续向天空升高，二哥一把抓空，身体失去了重心，一下子栽到井里去了。国青吓跑了，他惹了祸，不敢回家，也不敢对人说，钻进高粱地里，蹲到了天黑才找到我的舅舅说："你家小二掉井了。"舅舅、舅母和姥姥像疯了似的跑向井沿，闻信的人们蜂拥而至。井中的二哥嗓子喊哑了，坐在井中的柳罐斗子上，双手抓着井绳。人们把二哥摇上来，二哥连冻带吓病了半个多月。

和大坑、古井一样吸引我的是那条地平线。我站在屋檐下，望着远处的地平线，以为那就是天边了。姥姥告诉我说："天没边，地没沿，地平线那边还有人家，还有比我们这屯子还大的城，还有比我们住的土坯垒的房子还高的楼。"我相信姥姥的话，因为我出生的那座小城，我记忆中的小燕子和小平就在天边的那边。

臭大坑、神秘的古井，永远无法接近它身边的地平线，这使我产生了对外面世界的想往。我的心常常飞向遥远，飞向神秘……

野孩子

妈妈在兄弟姐妹中排行老四。平辈人中小于她或大于她的人，管她叫四姐或四妹；长于妈妈的人，和我的姥姥一样，管她叫“老孙”。在这里，比我辈份大的人，不论年岁多大，我不是叫舅姥爷、姥爷、姥姥、舅舅、舅母，就是叫姨，到处都是亲属，我生活在亲人的圈子里了，有天高任鸟飞，海阔凭鱼跃的自由。

青纱帐起来了，我和大孩子进高粱地里打乌米。我不到七岁，不用手摸，一眼看去就可以断定那些鼓肚的高粱包哪个是乌米，哪个是高粱，劈下来保准没错。

屯子前有一条大河。夏天，在齐人深的一望无际的大河岸上，我和那些“舅舅辈”的大孩子们去放马、猪，在草丛中尽情地折把式。有时我猫在深草中，任舅舅们千呼万唤，就是不出来。他们找不到我，就喊“狼来了，回家啦”，我这才吓得从草丛中钻出来，向舅舅们的身边跑去。我和舅舅们在水中扎猛子、狗刨、摸鱼抓虾、逮蛤蟆，有时把河底下的黑泥涂在身上和脸上，露一双眼睛，一个个都像刚果人似的，大人们怕自家的孩子淹死，总是到河边找孩子，但是都认不出来谁是自己的孩子。

秋天，生产队的场园里堆着高高的谷草垛，晚上我们把它当成上天摘星的梯，你争我夺地抢着往上爬。爬上去往天上窜，窜不去，就从上边往下面的草垛上蹦，“扑腾”一声，人一下子就摔没影了，陷进深草堆里去，等缓过神来再从里边钻出来，往上爬，直到汗流浃背，衣服从里到外全是草沫子，大人来找才不情愿地往家走。

春秋，我和大孩子到野外挖野菜，总爱在沟帮子或坡地挖洞，一个孩子一个洞，有雨就钻进，风平浪静的时候就当成小屋休息。孩子们在家没有地位，这个洞自己最大。一个洞若不塌的话，挖它的人可以一直统治它，这是我们自己在野外的财产。1961年的初春，向阳坡地吐绿，大地还有薄薄的积雪，我们一帮孩子到朝阳的沟帮子找野菜，渐渐冷风嗖嗖，天也变得昏暗，不知是雨还是雪就要到了。

离家已很远，为了能躲过这场雨或雪，我们立马在背风的坡处掏洞。各自手忙脚乱地干，洞还没有掏好，就开始狂风大作，飞沙走石，尘土飞扬，天昏地暗，大家伙谁也睁不开眼睛。我们七八个孩子像笸似的被风卷得满地滚，不约而同地滚到河沿的一个土坑里。多亏这个土坑，不然非滚到河里淹死不可。风停了，天晴了，还没等我们往回走，各家的大人就结队而来叫着各自孩子的乳名，看见我们好像失而复得一样高兴。

乡下的启蒙

每年的冬天，是乡下农闲的季节。当生产队长的四舅从外屯子找来说大鼓书的，天天晚饭后，大人们就像开会一样到生产队部。小队一铺大炕，人挤人，齐刷刷的，黑压压一片。炕上坐不开，上柜盖的，坐窗台的，蹲地上的，如痴如呆地听书。

我的家住在老城的时候，爷爷来串门，便爱上说书馆，领着我听书，品茶。这回生产队说书，我天天和妈妈去听，场场不落，比大人去得还早，先上炕占位置。说书的讲《隋唐演义》，天天讲得口干舌燥，星星满天，鼾声四起，我却睁着大眼睛，竖起耳朵听，到了收场的时候，说书人总是扔下一个悬念，让不睡的人“且听下回分解”。我却不走，想当天就知道那故事的结果，逗得大人直笑。四舅对说书的人说：“你看，我小外甥天天来，大人都困了，他连眼都不眨。”

说书的人是个四十多岁的先生，还有一个年轻的小伙子当帮手，以前没留意我，听说还有这么个小听众，很是吃惊，便试探地问我：“听懂听不懂？谁是好人谁是坏人？”我都能复述个大概。我告诉他们我喜欢黄天霸，我说我长大了学黄天霸，要学成高强的武艺。那说书的人听了我的话，高兴得拍着我的后脑勺。我虽然还很小，但我的话对他来说简直是最高的奖赏了。

农忙了，说书就结束了，我听不到故事了，想念说书的先生，问妈妈：“他们咋知道那么多的事呢？”妈妈说：“从书上看来的。”于是我对书产生了兴趣。我找来爸爸的书，抱在怀里，可惜一个字都不认得，又急又气，没办法，就不懂装懂地小声乱念。妈妈听了，纳闷地问：“儿子，你在那里叨咕啥呢？”我说：“我看书呢！”妈妈以为书上有图画呢，一看，上面黑麻麻的一片字，说：“你不认识字，念的是啥呀？”我抱着书，问妈妈：“我啥时能认字呀？”妈妈高兴地说：“我儿子有出息！上了学老师就教你了。”

于是我要求妈妈送我上学，妈妈说：“你才六岁呀，八岁才能入学。”我盼望八岁。

一天，上了四年级的吕金龙在车轱辘道上用树枝画人玩，我对他说：“我写一个字你认识不？”说着便用树枝在地上画了一个“一”。他说这念“一”。我又写了一个“人”，问他：“念什么？”他说念“人”。他在“人”的中间划一个“一”，问我：“念什么？”我摇摇头，他告诉我这个字念“大”。我马上在“大”字底下加了一个点，问他：“念什么?”他却不认识这个字，我大声地告诉他：“念‘太’”。我的爸爸叫孙太成，这个“太”字我认识得最早。

我还没有上学就难住了四年级的学生，这让我好自豪。和吕金龙的交往，使我对认字更感兴趣了。原来，平时往地上画的横、竖、撇、捺、点，只要像搭积木似的往一块一堆，差不多就是一个字；用树枝在地上画一个像猪圈似的方框，就念“口”，在“口”中划一个“十”就念“田”，在“十”字的腋下一边各立一根棍子，就念“木”。任意画出来的道道，几乎都可以组成字，太有意思了。

我央求妈妈：“快点送我上学吧，我六岁就能难住四年级的学生了，我一定能跟上大孩子的。”

妈妈找到老师，说了许多话，但老师还是不收我。没有办法，我常常尾随着大孩子去上学，走到离家四华里的头道沟中心小学，人家进了校园，我只好站在校门口，眼巴巴地看着他们进了教室，然后自己再悄悄地回家。

苦杏树

我家的庭院中有一棵杏树，它是妈妈和舅舅在孩提时从野外挖回来栽活的，到了我见到它的时候，它已经长得和房子一样高了。

春天，杏树吐绿，叶片一天比一天大，不知名的小鸟也不知从什么地方飞来，落在枝叶间，唱着，跳着。有一种小鸟，和杏树的叶子一样大，生着绿绿的羽毛，妈妈告诉我这小鸟的名字叫瞎牛叶子。我站在树下贪婪地望着小鸟。小鸟在枝头蹦蹦跳跳，我想抓住它，但是够不着，想打，又怕小鸟飞走，我急得手扶着树干。最后想出一个办法来——蹲在树根底下，头上戴上几缕蒿草叶，希望小鸟把我当成树，落在我的身上。日子久了，我知道这是不可能的，便不再想入非非了，开始抬头欣赏小鸟，像看着画报上的一幅画面。妈妈童年栽育的杏树结出了我童年的欢乐。

然而这棵杏树结出来的杏，虽然又大又金灿灿的，可是吃起来却是苦的。苦杏像妈妈苦楚的童年。

舅舅三岁时，我的姥爷就因给日本人修桥而丧生。姥爷去世的时候，妈妈才一岁，姥姥二十三岁。听妈妈讲，姥爷是一个木匠，做得一手好活，被日本人抓去修县城里的大桥，又累又被吓，所以得了病，被人们抬回家没过几天就病逝了。

姥姥带着孤儿独女，自强自立，族人劝姥姥改嫁，姥姥说不能让孩子更名改姓，自己死是张家的鬼，活是张家的人。耕种的季节，姥姥借不到牛马，就在自己肩上搭上绳子拉着犁杖走。张氏家族虽然人丁兴旺，但姥爷不在了，别人也不愿靠前，姥姥的梦，姥姥自己完成。

把舅舅和妈妈放在地里边，姥姥一边看着一双儿女，一边干着地里的活。姥姥的负担是很重的，姥爷去世不久，姥姥的双亲也都故去了，她把两个两三岁的妹妹接来抚养，又把自己的一个十六七岁的弟弟送到屯子中一户杜氏地主家去干活。后来，姥姥连自己的儿女都养不活了，只好把两个妹妹送人了。姥姥的两个小妹妹抓心挠肝地哭，抱住姥姥的腿不放，姥姥哭着告诉她们："不是姐姐心狠，不走都会饿死的！"

新中国成立后，两个送人的妹妹都出落成美丽的大姑娘，见了姥姥的面还故意假装生气地怪我的姥姥。姥姥说："早知道就不送人了，把你们全都扔了，今天就没人气我了。"其实她们是感激自己的姐姐的。姥姥的弟弟在本屯子的大地主家里干活，常常挨人家的打，哭喊声常常传到姥姥家的院来，姥姥心疼得站在自家的院落里偷偷流泪。新中国成立以后，人家斗地主，姥姥竟然不去控诉，她说："从前，谁让咱命不好了，那年头要是人家不雇咱，咱们还没地方吃饭呢！"姥姥的弟弟也听从姐姐的话，把斗地主看成落井下石一样的事。

我的妈妈在这样一个家庭和屯里长大，苦难是她记事起的第一课，也是她长期生存的土壤。妈妈和苦杏树不同的是：苦杏树在肥沃的土地里长成，它结出的却是苦果；妈妈在苦难中成长，拥有的却是一颗善良的心。

姥姥的女婿

姥姥一生只生了一个女儿，就是我的妈妈。爸爸做了姥姥的女婿，据妈妈说，爸爸从来没有管岳母叫过“妈”，我从小到大也没有听到他这样叫过一次。

赶上姥姥来串门，爸爸下班回家见到姥姥，也只是微微一笑，问一句不需要回答的话：“来了！”姥姥应承一声，就算完事了。

有一次，姥姥来串门，妈妈当姥姥的面故意问他：“你叫妈了吗？”爸爸涨红了脸。姥姥见状责怪妈妈说：“自家姑爷挑啥？心里惦着我呢！”是的，每次姥姥来，爸爸都让妈妈给姥姥买点好吃的。我七岁那一年，爸爸给姥姥买回来一顶黑色的老太太帽子。姥姥很喜欢，轻易舍不得戴，来人串门，姥姥就把帽子拿出来给人看，向屯子中那些责怪我爸爸不管老丈母娘叫妈的人说：“别看我姑爷嘴硬，心里孝敬我啊！”那个年代，这顶老太太的帽子，令屯子中的老太太们十分羡慕，爸爸孝敬岳母的事也在屯中传开了。

我姥爷家的张氏家族是屯中的大户，族中拉帮结伙，争权夺势，一个生产队长的乌纱帽，今天这个舅舅戴，明天那个舅舅戴，这个不服那个，那个也不服这个。谁也不消停，谁也不长远。本是族中的派系斗争，却硬要升级搞大，鸡毛蒜皮的小事也要开斗争会。

爸爸一回家，舅舅和舅舅的堂兄就来找爸爸喝酒，探讨政策，武装自己，为的是保官保身。这时，常有人偷偷地站在外边的窗根底下偷听，有时没人，四舅听风就是雨，冷不丁地就冲外面大声说："进来呀！在外面干啥呀？屋里吃点吧！"把我吓得屁滚尿流。有一次四舅还真的诈出一个人来，这个人是他的堂弟张景堂。张景堂站在外边偷听，以为四舅看见他了，就只好进来了，四舅见他进来就问他："咋不进屋呢？"他说："听四姐夫回来了，想来看看，又不知躺下没有！"爸爸真的不愿和舅舅们喝酒，因为这是惹是生非的酒，事后祸福难测，可是这酒又躲不开。

1962年春，县政府给下放户拨来几米在农村建房的木材，这是国家给还乡家属的物资，是平价的。爸爸看姥姥和舅舅在一起生活，住的小土房还是以前盖的，只有一间半，又窄又小，全家六口人睡一铺炕，挤得很，晚上睡觉两个小孩子要横躺在大人的脚底下。爸爸就和妈妈说："用这木料和舅舅家换房子吧！咱们人口少，咱住小土屋，让小寒他舅舅盖幢新房子。"就这样，我们家的木料给了舅舅家，我们住进了舅舅家的旧屋。没想到就这事，让爸爸有了祸。舅舅盖完了房子剩了一根檀木，也不和我爸爸商量，就以低于市场的价格卖给他的一个本族弟弟。那个本族的弟弟把房子盖完，马上写了一封检举信，寄给省、专区、县，揭发爸爸倒卖国家木材。

那时候，这可不是一件小事情，县里马上出动人来查这事。弄清了此事与爸爸无关，否则，爸爸要被开除党籍，解除公职的。爸爸打电话把舅舅找到县里，问他："木头剩没剩？"舅舅实话实说。爸爸说："私卖国家木头是犯错误的。"舅舅也是党员，听了这话很是紧张，说自己赚了五十元钱，回去就给人家退回去。爸爸知道舅舅刚盖完房子困难，怕他一下子拿不出五十元钱，就自己给他掏了五十元钱，让他回去马上还给人家，还不许和人家吵架。舅舅家那位本族的弟弟占了一个大便宜。从此以后，爸爸再也不愿意搭理舅舅了，也不愿回这个是非之地的小屯，不久就把我们的家迁到了新县城。

从1963年的七月到1998年冬爸爸去世，三十五年之久，爸爸再也没有踏上这块土地。

1965年夏，姥姥去世，爸爸正在法库县的红五月搞社教，出于对头道沟的厌恶，也出于爸爸的公务繁忙，妈妈没有让舅舅告诉爸爸。等爸爸从外地回来，听说姥姥去世了，很悲伤和内疚，说："活着没赶上，死了也让我看一眼啊！"在许多年后，直到晚年躺在病床上，想到这事他还难过呢，觉得对不起姥姥。

孩子王

我们的孩子王叫二生。乡下的孩子上学晚，二生十六七岁了才是乡下小学五年级的学生，天天大鼻涕，总胡说八道。在他的班级里，他的个子最高，打仗谁都不是他的对手。也许是由于这个原因吧，老师让他当了班长。

二生把学习当成了副业，把当班长当成了主业。回到屯子中，孩子们都崇拜他胳膊上的几道红杠杠，又惧怕他的个头和力气，所以在他面前俯首称臣，天天围着他转。二生做了一把木柄手枪，这把手枪能发射火药，他天天把手枪掖在腰间或放在书包里，脖子上飘着鲜艳的红领巾，胳膊上挎着红杠杠，俨然是一个少年英雄。他什么都不怕，就是怕学习，背不过乘法口诀。

他在南北二屯疯，我们跟着孩子王抓“特务”、打鸟、捉蛤蟆、用水灌老鼠洞、捅燕窝。跟着他狐假虎威。外屯的孩子看见我们像土匪看见正规军一样，不是藏就是套近乎。我们跟着孩子王好不威风！

夏天，二生穿一条红裤衩，一件海军蓝背心，那条裤衩让我看着眼热，也想让妈妈给我做一个。又想，那是上学的孩子穿的，红布又贵，家里又没有布票，就没敢开口。有一天，孩子王向我们炫耀，说他的红裤衩是红领巾做的。原来，少先队员入队，第一条红领巾不交钱，再丢了，领红领巾交成本费，两条红领巾可以做成一条红裤衩。若去供销社，两条红领巾的钱也买不来做一条红裤衩的布。二生多次撒谎，从学校骗来了好几条红领巾，并在孩子们中间推广他的成功经验。

舅舅家的二哥和二生在一个学校，也是少先队员，于是，我就央求妈妈让二哥也去行骗，好为我弄来红领巾做红裤衩。妈妈说："红领巾是烈士的鲜血染成，是红旗的一角，好孩子不能像二生那样。"听了妈妈的话，我真是不明白，二生是学校的少先队员，还是学生们的榜样，屯子里的人都夸他有能耐，怎么好孩子还不能像他一样呢？

七月的一天，我们一帮孩子在水中洗澡玩，我掐着鼻子，扎了一个猛子，刚一露头，晃着脑袋，甩掉头上的水，眼睛还没睁开呢，一股骚热涩咸的水柱便喷在我的嘴上。我睁开眼睛一看，二生站在河岸上，正在向我们头上浇尿呢。我"哇"的一声哭了，他却哈哈大笑。

大年三十的晚上，二生蹲在他家的灶房门口，一边烧纸，一边嘴里念叨着："灶王爷本姓张，骑着马，挎着枪，上天言好事，下地保平安。"他妈妈高兴地说："俺二生长大了，出息了，对鬼神的事不用大人操心了。"人们也夸二生聪明。

后来，二生果然长大了，高小毕业当了生产队长和民兵连长，这时已是双枪在身了——一支是公社发的三八大盖枪，一支是他自制的打火药的木头手枪。

为了靠近党组织，早日加入共产党，他多次在生产队的大会上揭发他的父母偷集体庄稼、邻居鸡鸭的事，终于，他把他的父亲送进了看守所。据说，他的父亲和邻居吵了嘴，事后在一块木板子上钉了不少钉子，然后把这块板子钉尖朝上，偷偷放到那家的厕所里。人家的孩子上厕所，脚踩到板子上，扎了个透亮。二生如实汇报给公社的人保组，获得了"五好民兵”的称号。公社召开大会，号召人们向他学习，少先队员还向他献了花。

可是呢，二生到了成婚的年龄，却没有人给提亲保媒，三十好几的时候，还是光棍一条。不得已，做了一个上门女婿，娶了一个痴呆女，远离家乡，抛下了年迈的父母。从那以后，我再也没有看见我们童年时代的孩子王。

无知、虚荣心，要出人头地的强烈欲望，和外界从形势需要出发，不择手段地怂恿，造就的那个时代的孩子王，销声匿迹了。

盼望长大

童年眼中的四季，过得那样缓慢，是因为孩提的眼睛每天都盯着每一个季节的每一天中花草树木的变化。大自然中的一切变化呈似变非变的状态，抻长了童年的故事。孩子长成了大人，目光投入生活，对季节的变化视若无睹了，偶然抬头看一眼，发现树绿了，方知春天到了，却没有时间去赏花、踏青、捧泉水，更没有时间去追忆童年的影子。转眼满山黄叶，出门加衣，方知一年又将过去了，当对镜看见眼角爬上了鱼尾纹，头上有了几缕银丝的时候，心，虽然还是那么天真纯朴，但人已不那样年轻了。

童年的时候，我常站在爸爸妈妈的身边问："我啥时候能长得和爸爸妈妈一边高呢？"妈妈说："一晃就长大。"一晃的时间有多长啊？我盼望着长大。每次爸爸回来，我都和爸爸比身高。爸爸逗我一阵子后，就教我数数，背古诗和"小九九"。我最讨厌数数，因为总是数不准爸爸摆在我面前的物件，于是，爸爸就用做衣服的木尺打我的手心。开始，我还以为是逗我玩呢，结果打得好疼，才知道是真打，疼得我喊妈妈。妈妈心疼我，又担心我不认真学，长大了真的不识数，成了笨蛋，就劝爸爸轻点打。爸爸说他的爸爸教他时，打得比这还重呢！

爸爸并不是每周都回家，我以前总盼爸爸回家，自从他教我数数后，我想他的时候，就有点害怕，怕他回家来看我数不准数打我，于是我就自己悄悄地拿树棍练数数，看见天上的飞鸟也数数有多少只，为的是爸爸回家好喜欢我。

从那时起，我渐渐地懂得了：长大了虽然好，但是，也渐渐地远离了爸爸妈妈的宽容，一旦做错了事，便逃不掉打骂了。

我的第一幢启蒙小学校

杏子落地了。我成了八岁儿童，到了上学的时候了。

妈妈的姑夫，我叫他姑老爷，一个长着络腮胡子，可能一生也没有刮过一次脸的五十多岁的老头，说话声音干哑，又瓮声瓮气。别看姑老爷长得像李逵，性格却像个老太婆。他在生产队里当饲养员，我常在驴前马后玩，姑老爷看护我，怕我被牲口踢到了。我和姑老爷不眼生，妈妈便让姑老爷送我入学。

晌午，姑老爷给牲口添足草，领着我和他的老崽一同去公社的中心小学报名。姑老爷手里掐着一根马鞭，倒背着手走，我和老崽围着姑老爷，一会儿前一会儿后地打打闹闹。

老崽比我大一岁，个子和我一边高。我管他叫舅舅。我真是不甘心给他当外甥，他总想管我，因为他是大辈。有好几次他用大辈来压我，我不服，和他交了手。他揪住我的头发，我也抓住他的头发，我们相持在那里，像两只顶架的羊。他问我服不服，我问他服不服，谁也不服谁。我俩累得满头大汗，谁也不敢先松手——谁先松手，谁就会被对方摔倒骑到身上揍。就在我们俩都筋疲力尽的时候，妈妈赶来，她拉开了我们两个，让我跟他赔不是。我不甘心地认了错。上学的路上，他还想管我，我反抗，他就追。

姑老爷吆喝着我们俩，一路上像赶着两只不听话的羊羔。

那一天，到了学校，值班的男老师和姑老爷唠上了，我和老崽看到办公室的地上有许多杏核，便钻到桌子底下你争我夺地捡杏核。屯子中的孩子们正在玩砸杏核，我们总是输，没想到这里有这么多没人要的杏核，乐死我们两个了。不一会儿，我们的衣兜就都满了，手里还握着许多。那老师见我俩这样贪玩，皱着眉头要面试。姑老爷唤我俩，我们这才从桌子底下钻出来。

老师说："这么小，又贪玩，明年再来吧！"

姑老爷害怕了，慌忙卷上一根老旱烟，递了过去，说："先生啊，头几年挨饿，吃不饱，长得是小了点儿！可是不管怎么说，也吃了八九年咸盐了，不傻，能跟上，就求先生收下吧！来，快给老师敬礼！"

我和老崽也害怕了，撒开手里的杏核，慌忙给老师敬礼，然后不知所措地站在那里，不敢抬头。

老师吸着烟，问我们各自的年龄、姓名和家庭人口。我们一一作答。老师说："好吧，先登记吧。"

就这样，这所小学成了我的母校。

同桌的女孩儿

上学了，我和老崽分到了一个班级里。

班上每桌三个人。我的同桌是一个女生和一个男生。女生叫李素云，个子比我高，圆圆的红脸蛋，长着一颗小虎牙，爱唱歌，会跳舞，是我们的班长。男生叫李树良，是班长的堂弟，和我一样高，长得胖墩墩的，穿一身海军服，帽子上的蓝飘带好像女孩子的两条小辫子，我觉得又好玩，又可笑，和他还没有说上几句话呢，趁他不注意，就偷偷地捋着玩。于是，他为了保护他的蓝飘带，就和我动手动脚。

那时，我俩的战争是非常激烈的。经常死死地抱在一起，摔倒在地上，你上我下地滚得像两头土驴。这时，老崽就会不记前仇，前来拔刀相助。班长不偏不倚，从地上把我们拉开，才算完事。有时，她也拉不开，急得喊老师和同学。

往往上课了，我们还不甘心自己的失败，表面在听课，手也没动，桌子底下的脚还在偷踹。班长主动申请坐在我们中间，控制发生战争。李树良够不着我，也忘不了捣乱，他看见李素云背着手听课，暗中把手伸到我这边，我以为他要捅我，一看，他在挠李素云的手心。李素云一动不动地听课，仿佛什么事也没有发生。我想李素云一定怀疑我了，现在没事的样子，下课一定会告诉老师。为了反击李树良，我也把手伸到他那边去挠李素云的手心。李素云挺着身板，无事一样。下课了，我忐忑不安地等待老师的批评，然而，一天都风平浪静，我们几个人什么事都没发生过似的。从此，我十分地感激李素云，再也不捣乱了。

一次，李素云的铅笔掉到桌子底下去了，我不容分说钻到桌子底下帮她找，恰好前桌的同学不满意，一晃凳子，把我的头撞了一个包，我一手捂着额头，一手拿着铅笔从桌子底下爬出来。从此以后，我和李素云有了纯真的同学情谊。课堂上，她像大姐姐一样帮助我打格子、削铅笔、支农劳动、拨麦子，我累得满头大汗，用手抹着头上的汗，她掏出小姑娘特有的漂亮的手绢递给我；学校的厕所离教室很远，去解手，要经过一片苦丁香树丛，厕所旁还有一片坟地，我一个人上厕所心里害怕，孩提时不知男女有别，总是看见有人上厕所了，就跟帮去。李素云也常约我结伴而行。我和班长同桌，同学们都很羡慕，我也很自豪。很快我也当上了学习小组长，受到了老师的重用。

我们同桌不到一年，我就转学到了县城的实验小学读书。学生时代，我读了十年书，转了八次学，离开头道小学后，我再也没有遇到像李素云那样大姐姐似的女同桌。时间的久远，我已忆不出同桌的女孩给了我多少童真的关爱，我只感觉她在我心中播下了一颗种子，结出的果实叫思念。我走遍天涯海角也忘不了她。当我和她分别许多年后，写下了一首诗歌《寄给童年的女友》：

我是大海一叶帆
风雨送我上远天
十八从军别故乡
人烟稀处守边关

哨所离家千万里
思你一梦到故园
醒来犹见青纱帐
明月伴我忆童年

乡村小路弯又弯
你我割草上青山
我为你崖上采野花
你为我泉边洗手帕
两小无猜相追戏
杨柳滩上飘笑言
我要长大做骏马
奔向那广阔的大草原
你要长大学雄鹰
展翅飞上九重天

几度杏花谢又开
探家回来人已变
爹娘将你早嫁人
丈夫女儿责任田
是你心中一片天

我想化作轻轻的风
拂去你身上尘和汗

我想化做马兰花

田头与你常相伴

……

同桌的女孩，一个农民的女儿，走出了校门，哪里是她耕种理想的地方？老崽来信告诉我："班长还生活在她出生的那个小屯子里。"在那权力可以决定人命运的年代，没有灵与肉的付出，一个姑娘，仅凭善良和才能，怎能走出小村庄呢？童年就萌生上大学、进城里工作的理想，像农家小院的倭瓜和架上的黄花，虽然开得灿烂，却没有结出希望的果实。

二十岁的她，便以民办教师的身份嫁了一个其貌不扬却有红本的男人。那男人是供销社的会计。后来，他领着别人跑了，仅留给她一双儿女和那男人年迈的父母，还有一幢低矮的小土屋。

她的丈夫成了别人的新郎，这阻住了我探望她的路。每当我忆起故乡，忆起童年，就忆起她；只能远远地、久久地遥望她居住的方向，望着我们曾经一起望过的那一片蓝天，那一片星，那一轮月……

我的启蒙老师

人生路上会有许多领路人，我的老师门树琴是我进入校门后，把我送上红色道路的第一人。她使我懂得了师恩、友爱和理想。

每次上课前，老师起歌，每个孩子都想在这歌声中听到自己的声音，六十多名学生的嗓音汇成一股强大的声流，冲出教室。每个窗口也都同时涌出歌声，少年嘹亮而又清脆的歌声回荡在校园，飞向四方，飘向田野，飘向天空，使荒凉、清贫的小镇显露出潜在的生机。歌声之后，便是朗朗的读书声，那阵阵的读书声，像春雨敲打着干枯的黑土地。

每天，上课的铃声一响，我们就争着抢着涌入教室。一天，老师进来，全体同学像触电一样唰地一下子站起来，齐声说："老师好!"老师说："同学们好！请坐！"大家坐了下去。这时，第一排的老崽听到老师请"坐"的口令，坐下去的时候用力太猛，从凳子上滚到桌子底下去了，引得全班同学哄堂大笑。老师把老崽从桌子底下找出来，老崽摔得太重，又当众出了丑，哭了。老师一边拍打他身上的土，一边擦着他的眼泪，扶他坐到座位上，然后站到讲台上对我们说："同学们聚在一起，就要像亲兄弟一样，一人有了困难，大家都要争着伸出帮助的手。今天摔的是他，你笑了，自己没事；反过来，你摔了，别人也在一边笑，你的心里不难过吗？要拿人心比自心，培养同情心，这样，长大了才会是有出息的人。自己有了困难别人才会帮助你。”

我们虽然很小，但人人都能听懂老师的话，人人都沉默下来。老师的话像春风，我们的心像春天的河，此刻漾起细细的波浪，彼此间汇接成一座友谊的湖泊。从此，友谊像一片帆，开始在这湖泊上升起，整齐划一的群体生活使初入校园的乡村野孩子兴奋。

一天下课，我正和同学们在一起玩，老师把我叫到跟前，两个男同学也跟着过来了，老师示意他们走开。老师蹲在地上，我站在她面前。我的个子太小了，我站着和老师蹲着一样高。咫尺之间，我的心却还在想那边玩的同学，希望老师快点放我，便心不在焉地看着老师。老师用手指着我的裤裆说："看，上厕所也不在意，到家让妈妈洗洗！"我低头一看，老师指的是我的那一片尿碱。尿碱的硬亮在阳光下闪着光。每次上厕所我总是急急忙忙的，不等净呢，就系上裤子跑去玩，里外淋了一下，也没在意，因为别的男孩子都和我差不多，妈妈也不当回事。老师一说，我红着脸低下了头。老师喜欢她的学生，就用自己的标准来规范所爱的孩子的成长，否则就会像不负责的牧人一样，任凭羊去散荡。

人世间父母的爱是慈祥的，师爱源自母爱，它如姐姐对幼小愚顽的弟弟，永远是规劝、宽容和忍让、同情，最严厉的时候也只是变换语气而已。我的老师门树琴对我们的爱有母亲的慈祥、姐姐的温存、父亲的严厉。她教我们画画，教我们语文，教我们算术，教我们音乐，还教我们体育，乡下的教师是多么辛苦！哪个孩子鼻涕下来了，她要去给擦；哪个孩子身上痒，她要去给挠。下课的十分钟，是孩子们发泄的时间，就一会儿，也常有好几伙人闹翻脸，互相争抢着找老师告对方的状。放学了，我们站成排，她把我们送出校园，还要再陪伴一程。

二年级的一个男同学，在全年组里属他的个头最矮，不知叫什么名字，长着一脑袋黄头发，大家都叫他“小黄毛”。小黄毛是个淘气包，隔着窗户，我常看到他的男老师把他揪出教室，罚他站在太阳底下。有一次刚下课，满院的学生乱哄哄的，许多学生围着井接水喝，不知为什么，小黄毛的班主任吼了一声，随后一脚踢在小黄毛的屁股上，把小黄毛踢出去好远。小黄毛身子还没有站稳，就回过头来恨恨地盯着他的老师。他的老师三十多岁，膀粗腰圆，看见小黄毛不哭，也不说话，一副不屈不挠的样子，又窜上去打了小黄毛两个嘴巴，之后又揪住头发抡了一圈，疼得小黄毛大哭起来。老师把揪掉在手中的一撮头发扔在地上，扬长而去。满院的师生看得心惊肉跳。

高年级的学生同情小黄毛，放学的路上，我们看他身上被老师打的地方。小黄毛含着眼泪，说：“疼！”随后又嘱托同学们别告诉他的父母，说他的爸爸妈妈若问，就说是自己上体育课摔的。

那位男老师的行为并没有赢得同学们的敬畏，反倒树立了小黄毛英勇无畏的形象。小黄毛在操场上踢足球，大他好几年的男生都不敢和他争。

看到小黄毛的遭遇，我们就更爱我们的老师门树琴了。

幼儿时，爸爸妈妈就教我给团县委的叔叔阿姨敬礼和讲文明礼貌用语，我又有过上幼儿园的经历，所以上学时，在文明礼貌方面做得非常好。看到老师，跑过去，敬个礼，说：“老师好！”老师帮助我时，我就说：“谢谢老师！”老师和邻班的张老师迎面走来，正在玩耍的我慌忙闪到一边让路，向老师敬罢礼，问声“老师好”。张老师很惊叹地说：“哟，这个孩子，你叫啥名啊？”不等我答，门老师便自豪地摸着我的头替我回答了，然后吩咐我：“别跑摔了！”

尊师之情，是我发自内心的。1965年夏天，我读小学二年级，患了跑肚拉稀的病，请了病假，刚好一点，爸爸用自行车驮我上街买药。我坐在爸爸的自行车梁上，远远就看到了班主任伊桂琴老师和另一个老师走在街上，我拉着爸爸的衣服说：“下地！我看到老师了。”爸爸问：“在哪呢？”我用手一指，爸爸笑了：“那么远啊？还过去？”我“嗯”了一声，下了自行车，横穿马路，绕到老师前面敬礼，向老师问好。老师一愣，“哦”了一声，说：“你不是病了吗？怎么在街里呢？”我说：“和我爸爸买药来了。”老师似乎不信，怀疑我无故旷课，顺着我的目光看去，果然看到了我的爸爸，感叹地说：“这么远还过来向老师问候！”

童心无瑕，纯朴、单一的敬礼和嘴拙的问候，以及受到老师表扬时脸上的红晕，都透露出孩提时对老师的一片真情，自然，在头道沟小学赢得了我的班主任门树琴老师的偏爱。

一天早上，妈妈一边给我盛饭，一边说：“昨天晚上老师来家访，表扬你了。”我睁着大眼睛望着妈妈：“门老师来了吗？”妈妈说：“你睡得死死的，怎么招呼都不醒，门老师不让招呼，我就没再喊你。”那时乡下没有电，家家点煤油灯，怕费钱，也嫌屋里有煤油味，天天都早早睡下。

孩童的我更是贪睡，觉又大，有一次夜里，我在炕上睡，后来滚到了地上，把放在地上的黑泥尿盆子砸碎了都不知道。奶奶半夜让我起夜，满炕摸不到我了，急得点上灯，发现我躺在地上没声没息的，以为我摔死了，又摸鼻子发现有气，扶我起来，一边唤我乳名，一边抱着我。我还没有睡醒，不知发生了什么事，也没有摔伤，甚至都没有摔痛，只是不耐烦地挣脱妈妈和奶奶的怀抱，又爬到炕上睡了。门老师来了，我相信妈妈肯定唤我了，但是没有唤醒我，这本来不该怪妈妈了，但我还是不高兴地说：“我不醒，你咋不掐我鼻子呢？喘不上气来我不就醒了！”

1963的夏天，我们的老师加入共产主义青年团了。这一天早上，老师胸前戴着一枚闪闪的团徽，邻班的张老师向她表示祝贺。我们也懂得了入团的光荣。老师脸色绯红，神情激动，教我们大家唱《戴花要戴大红花》："戴花要戴大红花／骑马要骑千里马／唱歌要唱跃进歌／听话要听党的话。"这是老师的心声，也是对我们的希望。直到今天，我还会唱这首歌。老师把爱溶入时代，我们的心也与老师的心相通，为自己的老师是一名共青团员而感到自豪。

老师像清晨的太阳，校园像一棵青枝绿叶的大树，我们像小鸟，在师爱中度过了我们美好的童年时代。

寒假一过，在家待了一冬的孩子，好像盼来了春天的小鸟那样高兴，又背上书包去上学了。到学校大家相见，好像失群的野马终于回到马帮中来一样，每一个人的眼里都有着火一样的光芒，你拍我抱地拥在一堆。

我们热爱这个集体，热爱在这个集体中学习和劳动。

突然有一天，妈妈对我说："你今天别上学了，到学校开一张转学书，后天咱们搬家。"原来爸爸要把家搬到县城里。大人要办这事，我事先一点也不知道，所以非常惊讶和生气，便顶撞妈妈："我不转学！"说完背上书包和往常一样上学去了，以为这样就可以抗拒成功。

正上课呢，妈妈来了，老师迎了出去，我也被叫出了教室。老师看着抽泣的我说："到县城的小学念书去吧，那里的条件好，和妈妈走吧！到新的学校要听老师的话，和同学们搞好关系，用不了几天就熟了。"我晃着身子，执意不走，要留下来和门老师住在一起。门老师一边擦着我的眼泪一边说："老师还没有成家，和人家张老师住在一个宿舍，地方小，也不会带孩子啊。想老师，等你放假再来！"

那一天，妈妈强行把我领出了校园。我一步三回头地用泪眼望着那书声琅琅的教室。风雪交替，岁月之河的浪花没有冲淡我对这所乡村小学的怀念，四十年过去了，我仍然常常梦到我的小学，我的启蒙老师，也常忆起在那里的学习时光。

我三十一岁的时候，久寻不到老师门树琴，便写了一首思念她的诗歌——《我想念我童年的老师》：

那时您还是一位年轻的姑娘／教我们大家唱歌跳舞吹口琴／手把手教我学写a、o、e／也曾用姐姐般的温存拂去我委屈的泪痕／

命运之神安排我去远方／师生之情伴着皱纹日益加深／林海上皎洁的月亮／边陲吐艳的花群／母亲慈祥的微笑／姑娘迷人的歌声／生活中一切闪烁着的美／都让我想起您那颗心……

我知道我的收获／都将绽开老师脸上的笑纹／于是报捷的银燕／几度飞向老师任教的乡村／可是却没有追上您轻盈的脚步／我又在梦中把您找寻。

蒲公英飘零的花瓣／也要落地生根／为什么无人知晓我童年的老师命运之船在何处飘荡／莫非您早已化作洁白的雪花／溶入了孩子们无暇的心……

至今您也许鬓发斑白／两颊飞着漂亮的红云／美丽的眼睛现出了慈母的深情／可是我却永远记着您是那样年轻／是啊／被孩子深深爱戴的人怎能会被时间夺去美丽的青春！

死在爸爸手下的猪羔

没过多久，我们重新找了一处房子，迁到了一家安姓人家的东下屋。这屋与其说是房子，还不如说是鸡舍。我在炕上不敢站直了腰，若站直了，脑袋就会磕着屋顶。而且白天看不见太阳，夜里看不见星星和月亮。冬天，四壁是寒霜，夏天不通风，门口要是站一个警察，这里就是一个监牢。

爸爸抓家来一个猪羔。图省钱，抓的猪又小又瘦，尖嘴猴腮，比猫大不了多少。我天天放学去给它挖野菜，盼望它长大，卖钱填补贫困的生活。

住人家的房子，又在人家的院里养猪，这也是厚着脸皮干的。人穷了，脸皮就得厚点。一条铁链子一头拴着小黑猪的脖子，另一头钉在地下。妈妈喂它一个多月，它身子不见长，脾气倒见长了，一盆猪食吃不了几口就故意拱翻。妈妈又不敢打它，只能忍着气，一边用手把猪食从地上捧到盆里，一边“格拉拉”地叫它，像哄小孩似的哄它，看它吃了食，还不时地用手顺它的毛，希望它认识家人，有个好脾气，好好吃食，快快长大。

这时，正逢妈妈生我的三弟，喂小黑猪的活就落在了我和爸爸的身上。一天早上，爸爸也没有太重视妈妈的话，不知深浅地大大方方地端着食盆向小黑猪走去。小黑猪见有人来，全身的毛都竖起来了，立着耳朵，站在那，一动不动，猪头冲着爸爸，见爸爸快到跟前，“吱”的一声向远处窜去，因为用力过猛，虽然没有挣脱铁链子，但是反作用力把它拉了回来，它一下子疯了似的围着爸爸乱窜，铁链子把爸爸的双腿绕了好几圈。爸爸一下子摔在地上，猪食盆也扣在地上。房东跑过来，拔出钉在地上的锁链子，才把爸爸从铁链子中解救出来，小黑猪也趁机跑了。爸爸从地上起来，二话没说，操起一根铁锹就去追小黑猪。奶奶正在伺候月子里的妈妈，见爸爸去追小黑猪，怕打坏了，赶紧让我快去追。我尾随爸爸，等我赶到时，小黑猪躺在爸爸的脚下，已经一命呜呼了。爸爸像和谁打了仗一样，看着死猪，气得呼呼地喘着气。

小黑猪死了，抓猪的钱白搭了，妈妈心疼地哭了。我们家悲伤，房东却乐了，拎起小黑猪去扒皮吃肉了。

小黑猪的死，是因为它脾气不好引起的。爸爸妈妈叹了一阵子气后，认真分析了小黑猪脾气不好的原因，就是因为没有猪圈。不养猪，穷；养猪，没圈不行。要想过上好日子，就得养猪，要养猪就得换地方。找房子，找一个有盖猪圈的地方住。父母开始寻找新的住房了。

西山下的鬼屋

不久，爸爸告诉我们：在西山果园找到了一幢房子。那里的房子是公家的，有自己的院子，还有园子。能够养鸡、养猪、种菜，我们自己是主人，再也不用看房东的脸色过日子了。

礼拜天妈妈领我去看房子，我一路高兴得蹦蹦跳跳，到了地方，傻眼了：那屋哪是住人的地方啊!山根底下，孤零零地立着一个早年看山人住废了的土坯屋，长有丈余，宽有大人的四步，人去屋空，没窗没门，南房墙都倒了，后山墙没窗户，房顶露天，游人把这房子当成了公厕。我和爸爸、妈妈清理着屋中的人和畜的粪便。又用几块大板皮钉成一块房门，果园送来了一个旧窗扇，又求人帮忙小修，搭锅台、炕，忙活了好几天，这小屋终于像房子了。它冬天四壁透风挂霜，有时夜晚还有鸟雀飞来；夏天阴雨天时，房子漏得满屋是水，最怕夜里下雨，一旦下雨，我们全家就得坐起来，靠在墙角躲雨，保护被褥不被雨淋湿了，还得在炕上摆着锅、碗、盆接雨。雨大了，炉里往外渗水，我们还得一盆一盆地往外倒水，倒慢了，水就会流出来泡屋子了，炉子被水泡了，炕洞里也是水，别说没法做饭，还时时害怕屋子塌了。我那时真是十分羡慕猪圈。雨大了，猪圈还有干的地方，而我们家却连干的地方也没有!

但是，这样的一个小屋还经常发生一些莫明其妙的事情。有时妈妈不在家，晚饭后，她就领弟弟去邻居家串门。天黑了，我自己在屋里写作业或看书，常常听到妈妈回来了，外屋有走路的声音，还有人咳嗽的声音，以为是妈妈回来了，喊妈妈却无人回答，推开房门，外面一片漆黑，没有一个人。

有一次，在一个夏天的晚上，二弟回屋找小孩玩的东西，他蹲在外屋门后边翻着，突然一边“妈呀妈呀”地喊着，一边往外跑。妈妈和街上乘凉的人们听到二弟的喊声，都跑过来。二弟哭着说：“门后藏着一个人，我摸着那个人大腿和脚了。”

“老孙家进去人了！”人们嚷着。

那时，爸爸不在家，妈妈吓得不知如何是好，街上人多胆大，大伙一下子把我们家包围了，有人提棍子，有人拿铁锹，有人握着石头，还有人找来手电筒，大家站在门外喊了一阵子，屋里也没有回应。胆大的人进屋搜了个遍，却啥也没有找到。

天黑，特别是冬天的晚上，人们都待在自己的家里。夏天的晚上，外面还有乘凉的人，所以还不是很吓人，但是冬天大家都不出门，只有我们家孤孤单单地在屯子最后边的山根底下，更是显得万分恐怖。

那时候，妈妈不在家，我特别害怕，总觉得我们这小黑屋有妖魔鬼怪。我羡慕书上描写的那些降妖捉怪的道士，便学着书上写的，在窗户的玻璃上和门上用浓墨汁画上一把把利剑，写上“斩妖刀”“镇妖剑”，我相信自己画的这些刀剑会斩尽那些敢来犯的妖魔鬼怪。

苦闷的少年心

“没有好的房子就没有好的生活！”人们总是这样说。住在这样的小黑屋里，妖魔鬼怪没有把我们咋的，但日子却过得贫困潦倒。

我在这个小黑屋里整整度过了七年时光。

这个小屯子三十几户人家，除了我们家是农业户外，其他人都吃供应粮，不用种地，磨米面，每天都是大米白面。我们家的粮都是自留地产的和生产队分的，除了大苞米就是高粱。

那时，生产队分的口粮：大人三百六十五斤，像我这十多岁的小孩子二百八十斤，我的两个弟弟比我还要少。我们家全年每人才一百多斤。

顿顿省着吃，几乎天天吃的都是苞米面、苞米面汤，贴大饼子吃的都非常少，到了年节的时候才能吃到大米白面。我常怕粮不够吃，等妈妈做饭时，趁妈妈不注意，偷偷抓出一把米来，待缺粮时再拿出来，好让妈妈惊喜。放学了或劳动归来，时不时地摸摸粮袋子，看看还有多少吃的。没有了玉米面，就默默地去搓苞米，我每次要到十里地以外去磨米面。那位磨米的大叔总是恶狠狠地待我。每次排号，轮到我了，他常让排在我后边的人到我前面来。那时，各村的磨米点服务对象以本村人为主，我是外来的人，不撵就不错了，哪敢吱声？不论比我大的还是比我小的男女，那大叔总是热情帮忙，如果轮到了女人，他更是勤快，到了我这，我要自己把粮食举到高过我的漏斗里，他又不关机器，又总嫌我的动作慢，总是狠狠地训斥我。有一次，我一急，险些摔到滚动的机器带上。

每次去磨米面的路上，我不知要休息多少次，瞄准一个方向，背着口袋向前走，到了地方放下，喘一会儿气，再瞄准一个方位物往前奔。我渴望有一台手推车，便用儿时玩的手枪换了一个碗大的铁轮，还差一个轮子说什么也找不到了，于是瞄上了生产队和果园的犁，想偷犁上的轮子。后来琢磨了好久，觉得不应该，才没有下手。我少年的肩和背与家庭的负担结下了不解之缘。

后来果园摇身一变成了园艺学校，那些二十多岁的学生在花丛中玩耍，吃着大米白面，还糟蹋粮食，房角屋后常有他们倒掉的白花花的米饭和馒头，吃不完的馒头用来当土块打仗。一次，一个胖子像唤狗一样举着吃不了的馒头问我要不要。我心里想要，可是无论如何也不肯接这羞辱之食，背上的三弟才三岁，看见了馒头，就伸出小手就去接。那胖子一笑，一扬手，把馒头抛到空中。我和三弟的目光顺着馒头的抛物线落到百米以外的山上的草丛中。三弟哭了，我的心却比哭还悲痛。我哄着三弟，在没人看见的时候把馒头捡回来，到家用水洗净，分给两个弟弟。那麦子面的味道如今回味还香呢。

童年的四季也是忙碌的，差不多每天的事都是非常非常多的。家里每年养两只猪，春夏天，早上顶着露水去放猪，放学回来打柴、开荒、给猪和人挖野菜，冬天去大地里去捡干白菜、柴草。果园的孩子们都是劳动的能手，夏季要打柴，山上的青蒿草无穷无尽，家家柴草垛的大小就是这家孩子勤快还是懒的说明。

我的镰刀磨得很锋利，开始的时候不会用，手脚被刀砍得伤痕累累，右手的小拇指险些被砍掉，经过两年的打柴经验，我终于成了打柴能手——会打铺连，以身为轴，左手抡起刀来，周围的蒿草被削得唰唰倒，地面像人的胡子被剃头刀刮了一样，露出光秃秃的地面。柴草打得多，不敢在山上晒，怕丢，为了都能背回家，我们人人一杆柴钎子。这二米多长的柴钎子，一次能串十多捆柴伙。别人家干活的兄弟多，我的两个弟弟太小，眼看着我们家的柴伙垛比别人家小，我不甘心，所以和大孩子上山，我就猛劲干，多打柴，背的也就多。十四岁那一年夏天，我背柴草被压着了，天天咳嗽，一声接一声，前后院的大人们说："太累就要吐血了。"爸爸妈妈劝我歇一歇，让我别再干活了，逼着我每天喝一个生鸡蛋。我害怕得了痨病，不能再给家出力，更怕当不上兵，便喝了一个月的生鸡蛋，眼巴巴地看着别人去打柴。小伙伴们隔三岔五地来看我，问我："好点没有？"我看到小伙伴们，心情悲伤，不知自己今生还能不能像从前那样了。咳嗽渐渐好了，但胸部却总沉闷，当兵体检时，肺部还有黑影，年年冬季都犯咳嗽，直到四十八岁的时候，这个病才不治自愈。

有一年的夏天，爸爸托人从商店买回来几尺布皮子，所谓的布皮子就是包装布匹的白色粗布，上面印着蓝色的编号，据说那时犯人穿的劳改服就是这个东西做的。妈妈用它给我做了一件上衣，本来要用蓝颜料染的，把原来的编号遮上，但是一时没钱买，我就穿着它去上学，别人管我叫"劳改犯"。我不懂，也不在乎，只顾着天天打柴背柴，青草蒿子的汁和我的汗硬是把这件衣服染成草绿色了，最后连上面的编号也看不出来了。我正好喜欢军装，所以也没有买颜料染它。

读书是我的天性，爸爸有很多书，但遗憾的是大都是政治方面的，只有少量的文学书刊。书店里的书琳琅满目，我却没钱买。我想挣钱买书看，按着大孩子的指点，同时也对照着爸爸种植药材的书上山挖药材。挖了不少旁风、地丁，天天晾。后来拿去卖，医药公司收购药材的人用手在我的筐里翻来翻去地看了一阵子，说："不合格。"我只好又回家，从此也不再挖药材了，又转而去学雷锋，捡破铜烂铁和牙膏皮等。不过，这卖来的钱没有去做舍己为人的事，而是用来买革命的书籍了，如《第一支军号》、小人书《小兵张嘎》《平原游击队》《半夜鸡叫》。心宽不怕房屋窄，童年的心在书籍中得到了解脱。在这幢小黑屋里我读了许多著名作家写的书，如《封神演义》《斩妖记》《把一切献给党》《钢铁是怎样炼成的》《水浒传》《星火燎原》《跟随毛主席长征》等。

小屋关不住我少年的心，我向往外面的世界。

艰难的生活使我热爱劳动，劳动使我热爱大自然，孤独苦恼使我热爱读书。大自然使我忘记了家境的烦恼，劳动使我感受到了创造的快慰，读书使我有了理想。

屋后的山野，遍地留下我放猪、打柴、开荒、挖野菜和嬉戏的身影，每一株花草，每一棵树几乎都感受到我纯真的爱，汲取过我辛勤的汗水和委屈的泪。

如今，每当我想到这座山时，或者看到这座山，甚至是踏上这片土地，我就又如回到童年。我的心情就万分激动，同时，也就忆起那座小黑屋，酸楚之情油然而生，禁不住为我的童年流出泪来。

后山的那座小黑屋，它使我早早地懂得了知足，因为在我以后的日子里，生活总是胜过在那小黑屋度过的岁月，同时，它也早早使我产生了奋斗的心。

学习“骗人”

童年好比一个万花筒，每一个日子都像一朵鲜花，一片绿叶；童年也是险象环生的时代，孩子们在一起演绎出许多可喜、可气、可怕的事。

一天，我和小月、小生、小成子等一群孩子在山上摘草籽，小月唤我们几个过去，他说他找到一棵酸枣树，摘的酸枣在衣兜里，问我们谁想吃。我们信以为真，个个说要吃。小月说：“要的人多，我给谁呀？我喊一二三，喊到三时，谁先举手就给谁吃，不偏不向。”说罢，他开喊，“一、二、三。”我们唰的一下子举起手。

小月想了想，说：“是小寒先举的手，小寒，这酸枣就给你吧，你可别嫌酸啊！”我高兴地走过去。小月一把将我抱住，用手使劲按我的鼻子，问：“酸不酸？”我的眼泪都快下来了，赶紧说：“酸！酸！给别人吧！”没吃到酸枣的孩子乐得前仰后合。

一天，我们几个孩子去挖野菜，读五年级的小昌子对我们几个二三年级的孩子说：“我借到一本小人书，叫《列宁上下册》，太有意思了！谁看？”“我看！”“我看！”我们争先恐后地吵着。小昌子说：“先给小成子看吧！”小成子高高兴兴地跑过去，小昌子一把抓住小成子，揪住他的耳朵，捏了一下，又拧了一下，又在他的脸上上下拍了两下。小成子生气地喊：“你打我干啥呀？”小昌子说：“你不是要‘列宁上下册’吗？

这就给你呀！谁让你没听明白！”挨打的哭笑不得，只好自认倒霉；没借到“书”的幸灾乐祸。

放学的路上，小昌子说：“小寒，你把‘好像对我说’这句话倒过来念。我听听你朗读怎么样。”高年级的孩子考我这点小事，我自以为是小事一桩，当时就高声背诵：“说我对象好！”我的话音一落，周围立刻起哄：“小寒子有对象了！”“小寒的对象啥样子啊？”我这才知道大孩子的用意。

有一天早上，我去找小月打柴火，他坐在他爸爸的写字台边，对我说：“小寒，我头几天碰到一个神仙，教我一个能耐：我现在不用眼睛看，用鼻子就能把字闻出来。你要不信，咱们打赌。你写个字，我要闻出来，弹你一个脑瓜；我要闻不出来，你来弹我一个脑瓜。”我立刻在一张纸上写了个“国”字。他把纸有字的一面朝下，没字的一面对着自己的鼻子，不让我和他的弟弟小生到跟前去。他闻了闻，就叫道：“国。”我又写了几个字，他也闻出来了。我被大孩子唬过许多次，上了不少当，心想：真有神仙也不会让他碰到，而且小月喜欢欺负小孩子，神仙是不会教这样的人本事的。于是，我怀疑他在搞鬼。见他一边闻字，一边往两腿中间看，我想他腿中间十有八九藏着什么。我冷不丁地伸手去拉开他的两腿，原来腿中间夹着一个小镜子，他冲镜子里看鼻子底下的字呢。我被他弹了好几下脑瓜呢。

被大孩子骗的次数多了，我也开始学着骗人了，练着搞恶作剧。

春天，山上山下的杨柳、榆树上有一种和树叶子的颜色一样的小虫，小得像米粒儿。这种虫子的身上长着玻璃丝一样的扎人的毛。打柴挖菜时，人的身子碰到它，立刻又疼又痒，几天也缓不过那劲，只有当时找到不小心碰到的那只小虫子，把它的浆抹在患处，才能以毒解毒。这种小虫子幼时生在花生粒大的巢壳里。

一天，我无意间发现巢壳里的幼虫，虽然和出壳的虫一模一样，但是它身子上的毛却不刺人。夏季的一天，我和几个年龄相仿的男孩子去挖菜，我当着他们的面故意把一只幼虫摆在我的手背上，大伙看了很惊奇。问我怎么不怕它，我说我从一个神仙那学来一个口诀。他们似信非信地问我是啥口诀，我说咱哥们都不错，我就告诉你们吧。说罢，我就念道："南也门，南也门，南也门有个大神仙，专治小毛虫儿。"他们听我说，又见那小毛虫子果然没有把我怎么样。纷纷从树上找来这种小虫效仿我，顿时人人上当，个个被这小虫子疼、痒难耐，有的还落了泪。见小伙伴们那样子，我的心里很后悔，十分难过。那天，他们都不再理我了，好几天不来找我打柴和挖菜了。

十二岁的我品味到失去朋友的苦闷和孤独。

从那一天开始，我宁可被大孩子欺骗，也决不再学坏人的方法了。

少年武工队

看了《红孩子》和《小八路》《小兵张嘎》的电影，我们就想学电影里的小英雄。西山脚下是果园的葡萄园。夏季的晚上，我们常在两个大孩子的组织和率领下，分成两伙，自封为“八路军”“武工队”，把对方看成日本鬼子和汉奸。人人头戴柳树条编的帽，手拿木头手枪，向山冈上冲杀。当两军相遇时，大孩子在我们的后边指挥，我们则勇敢地冲上去打杀，常常打得鼻青脸肿，挂了彩，有哭有骂的，战斗才会结束。

有一回，我从同学那里借了一把破军号，和一只打纸团的铁手枪。晚上，我戴上柳条帽，背上军号，手里握着手枪，神气得像一个小八路，和大孩子向西山冲去。这次我们的目标是西山看山的小屋。

小月见我一身装束，十分高兴，说：“那屋里进去了特务，小寒带头，大伙跟上。不准掉队，不准投降。”说罢，小月大喊一声，“冲啊！”

我第一个冲到小屋的门口。小屋里住着看葡萄园的人，是一个三十多岁的光棍。屯子里的孩子王，总是能想出许多玩弄人的点子，他看见我到门前了，故意引诱往小屋里去。我回头看一眼紧跟上来的伙伴，然后像英雄似的大喊：“缴枪不杀！”用手中的铁手枪向那门的铁拉环上一顶，一道火星“啪”的一声，我的手枪也被一股力量击中，甩出去了。我的手从手指尖开始麻到肩膀上。原来，屋里的人把电话线接到门的铁把手上了。

后来才知道，是小月和孩子王合谋：让我们故意被电击。当时吓得我愣在那里，身后的孩子们也是目瞪口呆。孩子王说："被电了，长大就不能结婚了。"我不知道是啥意思，吓得哭着回家去了。

那一年我才十岁。

童年，看电影是一件喜事。电影院放电影，除非学校包场，不然是看不起的。哪个地方放露天电影，就算是十里八里，人们也要赶去，但是，大孩子是不愿领小于他们的孩子的，要领也都是他们的弟弟妹妹。所以大孩子为了减少麻烦，总是封锁露天电影的消息，又总是封锁不住。我没有哥姐，没人领我，一听到哪里有了电影，就急得哭鼻子，妈妈也心疼我，又哄又劝。但是她总是看不住我，我偷着跑出家，远远地跟在人家的后边。他们快走，我就快跟，他们慢走，我就慢跟，一旦被人发现，又是骂，又是往后边抛土块，或撒腿就跑，企图甩掉我。我可怜巴巴的，或含着泪水独自回家，或等他们走远了，再沿着他们的方向去找放电影的地方。

有一次，在距家十里地的一所高中放《三进三城》，我偷着跟去了。当时真可谓是人山人海，我害怕被陌生的孩子打了，悄悄地靠在本屯子孩子的身边。小孩子个头小，根本就看不见，不少人搬来砖头、石头踩在脚下。我也搬来一块石头垫脚，刚站好，就从身后来了两个大孩子，他们不容分说，举手就抡我两嘴巴，还抢走了我的石头，然后到旁边与我们屯的几个大孩子一边看电影一边聊天。

我明白了：这打我又抢我石头的人，是屯子里的大孩子勾结来的人。我没有能力反抗，又怕他们一会儿再来欺负我，只好藏到一边去，边擦眼泪，边看着电影，渐渐地被电影迷住，心里想，长大了，我也要当一名解放军。

抢毛主席纪念章

1967年，我读小学五年级，那时我已经十二岁了。这时的小县城里，许多人都佩戴着毛主席纪念章。我们班级里有的同学也在胸前别上了金光闪闪的纪念章。我很羡慕，问他们从哪买的，都说是家里大人的单位发的。我爸爸在外地，妈妈没有工作，我只好眼巴巴地看着别人的胸前暗自着急。左右邻居家的大孩子们也都陆续戴上了毛主席纪念章。我觉得有点奇怪，他们的父母都是社员，生产队也没发纪念章，哪来的纪念章呢？我开始留心起来，一次听他们私下聊天，我才知道，他们的纪念章是抢来的。我原以为多么了不起的人，却都是这样的人啊。我的同桌是一个比我高半个头的男生，他已经有两枚纪念章了。我问他要，他说："你去抢呗！我这是我凭能耐抢的。"我这才知道先前他说大人给的是骗人的，他又告诉我"别的男生也是抢的，大人的纪念章轮不到小孩子"。

我这才如梦方醒。我没有纪念章，买不到，要不到，若不去抢，我就得不到纪念章，还会被人耻笑。我的心里萌发了抢毛主席纪念章的想法。

同班有一个男生和我一样：没有纪念章，觉得没面子。我告诉他，我要抢纪念章。他决定和我一起去。

这一天，放学后，我们不回家，去到街里准备去抢别人的纪念章。我们边走边合计如何抢，抢啥样的人：要抢就抢男的，抢女的让人笑话；不抢老人的，也不抢比咱小的；两人必须有分工，就是一个抢的，还要有一个放哨的。开始时，谁都不想充当抢手，你推我让，定不下来谁抢，后来说比个头吧，谁高谁去抢。一比，我比他高，就得我抢了，他掩护，说要抢就得连抢两枚，一人一枚。

出了校门口，没走几步就遇见一个戴纪念章的。我的心里突突地跳着，只要一伸手。那日夜羡慕的纪念章就成我的了，真是又激动，又害怕。按着先前定的规则，我没有抢老人和小孩儿，而是跟上了一个男的，他胸前的纪念章是大的，有乒乓球那么大。等他从我前面过去时，我在他身后悄悄地跟着，怕发出动静，我用脚尖走。他突然一回头，看到我像小偷似的跟在身后，瞪了我一眼。我装作玩的样子，凑到他的侧面与他并肩而行，眼睛直往他的胸前瞄。他发现我们两个人在他的身边转，猜到了我们的意图，挺住吆喝："离我远点！"说完看了看胸前的纪念章，恨恨地向前走去。我知道不能再跟下去了，如果再跟怕是要挨揍了，又换了一个目标。这个人也是一个男的，胸前戴的纪念章是银白色的塑料的，是夜明纪念章。我们刚一靠近他，他就说："想要这纪念章啊？再往跟前来，我看看！"就这样，盯上的几个目标都警觉了。天也晚了，我俩也饿了，同伙也不想再坚持先前的原则了，说能抢谁的就抢谁的吧。

这时在街中心发现一个小女孩儿，她胸前戴的纪念章并不是很出众，像一枚二分钱硬币那么大，红底金头像，和先前盯梢的那几个人比，实在是逊色。可是没办法呀，再不下手，今天就浪费了。她的个头虽然比我高一点儿，但肯定没我有劲儿，万一被她拽住，我也能挣脱。我决心抢她的。那女孩背着女式书包，毫无防备地走着。我看准后，一股热血涌到嗓子眼儿似的，一咬牙，就下了手：一把将纪念章抢了下来，转身就跑。那女孩子像让狼追了似的大喊大叫起来，拼命地朝我追来。我拐了几个胡同，她跟了几个胡同。她的喊声惊动了街上许多人，他们一定以为有人抢了她的钱。一个大人同她一起抓我。好在我比较熟悉路，左拐右拐，钻到一座树林边，靠近河岸的20世纪50年代废弃的工厂大院，院里堆着许多不知什么时候放的水泥管子，我钻到水泥管子里边去了。他们找不到我了。

我在水泥管中看着手中的纪念章，这时，就听不远处那个大人说："算了吧，我还以为谁抢了你钱呢，找不到就回家吧！"女孩抽泣着说："我上街给我妈买药。纪念章是向姑姑借的……"

我听到这，再也不想藏了，从水泥管中钻出来，向那边的她走去。小女孩儿看见我，对那大人说："叔叔，就是他！"

那位叔叔一看我，吃惊地说："呀，这么个小孩儿，我以为是多大的人呢！"

我说："别哭了，还给你！"说完把手伸过去，手心是她的那枚纪念章。小女孩儿伸手接了过去。

那位叔叔冲我说："我不认识她，也不认识你，听到喊，我就过来了。你这孩子，再喜欢纪念章，也不能抢人家的呀！"说着，叔叔把自己胸前的纪念章摘了下来，递到我面前，说，"我的送给你吧！"

我的脸红红的，摇着头，没有接。叔叔说："快回家吧！"然后领着小女孩儿和赶来的人们回去了。我害羞地低下头走了。不知什么时候同伴赶来了，他说："刚才你出来干啥呀？你把纪念章给她了啊？"我"嗯"了一声。从此以后，许多小伙伴都陆续戴上了纪念章，同我行抢的同学也终于抢了一枚纪念章，而我却很晚才在胸前戴上一枚纪念章。这枚纪念章是解放军的《四个第一好》，是爸爸送给我的。当我拿着这枚纪念章，喜欢得不得了，可是我想：我要是知道那个小女孩儿的家该有多好啊：我会把这枚金光闪闪的纪念章送给她。

少年时代伤害的女孩儿

我虽然胆大，但是我怕女孩子。也许是因为我没有姐妹的缘故吧。我每次看见女孩子心就突突地跳，到了中学时也还是这样。上学的路上，前面有女孩子，我就不敢向前走，等她们走远了我才敢走。倘若后面有女孩子，我就跑着回家。

1973年夏天，我父亲来问我们班支农的女生，问我在班级里淘不淘。女生对父亲说："比我们女同学还老实，我们都没有听他说过话。"

我在女同学面前好像老鼠见猫。当我情窦初开，明白了男女有别的时候，就更不理女同学了。因为我从书中得到了一个启示：凡是沉溺于情色的人都没有出息。帝王将相因女色失去江山，英雄因女色变成狗熊，有志向的男儿因女色失去理想。金钱和美女是糖衣炮弹，一个有理想的男儿从小就应当远离女孩子。我的心像野马，向往的是遥远的大草原；我的心像雄鹰，爱慕的是万里蓝天。我压抑着那些感情，把谈情说爱看成低级下流的事，可耻的事。

爸爸妈妈没有女儿，非常喜欢女孩子，看见谁家的小姑娘，总是喜欢把人家叫"女儿"或"儿媳妇"。有时妈妈和爸爸夸奖谁家的女孩子时，总会用一种神秘的眼神看我，那时，我就生气地说："我一辈子不找对象，谁好都和我无关。"我心中暗下决心——一辈子不找对象。那时我虽然前途未卜，但却下了把一切献给革命，献给祖国，献给人民军队的决心。

1973年冬季，我们又要搬家了。男同学每个人都送我一本笔记本，上面写着革命句子，如“革命友谊如青松”“前程似锦”“在毛主席指引的革命航线上乘风破浪向前”等，出乎我意料的是，女同学也纷纷送我笔记本，更使我没想到的是，一名叫王树琴的女同学送我一本毛主席的《五篇哲学著作》和一本笔记本，笔记本中夹着她亲手织的雪白的脖领，还有她写的一封有情有义的信。

下课了，我上厕所回来，进教室时上课铃响了，我坐到自己的位置上，发现书包中有王树琴送来的纪念品，我拿着那封信，没等看完，就吓得满面通红，悄悄地撕碎了，然后趴到桌子上。

王树琴是我的前桌，她是学校篮球队的队员，扎着两条小辫，有一双黑闪闪的大眼睛，比我的个头高，是一个聪明美丽的少女。男孩儿的天性应当爱这样美丽的女孩儿，可是我却怕得要死。我仿佛瞬间就成了全世界最可耻的人，谁都比我高尚了。我羞得趴在桌子上抬不起头。这时，我突然听到有人敲我的书桌子，抬起头来，原来是老师走到我的座前，示意我抬起头来听课，老师用异样的眼神看了我一眼便回到讲台讲课去了。

我的心很慌乱，前桌的王树琴却一副若无其事的样子。

下课了，我心事重重，靠墙不言不语。我的好朋友孙井山和方利民走到我身边，问我咋了，说我好像有心事。

我说王树琴给了我礼物，还给我写了情书，我害怕。我说我怕她上我们家去，怕搞对象的名声传出去，我会羞死的。

他们俩问我以前和她说过话没有，问我喜欢她吗。我说从来没和她说过话，也不想搞对象，中学毕业了还要当兵等。

农村的孩子都早熟，他们对这事不慌不忙，只是告诉我，还有几个月，十年制的学习生活就要结束了，有的同学已经偷偷恋爱了，有的没等毕业就订了婚，甚至班里有些同学都已经结了婚。他俩也在暗中追女同学。

天啊，这看似静静的班级，竟然这样丑陋！大家的胸怀真的这样狭窄？先前说的为了革命四海为家，怎么没等走出校门就开始算计自己的小家了？

我说："我不敢和王树琴当面对话，我爸爸妈妈说明天就搬家，求你们帮我把这笔记本和脖领还给她吧。"他们说："这好办，搞对象是两个人的事，你不想和她好，我们替你把东西还给她。"

第二天，我们家离开了公社，搬到了一百里外的长岭子公社。在那里，我又度过了三个月的学习生活，之后就走向了广阔天地，并接受贫下中农的再教育。

我曾暗下决心要一生不找对象，八年之后却成了有妇之夫。我今生第一次遇到的敢向我大胆表白的少女，也是我羡慕的女孩儿，却永远地离我远去了。人与人之间的友情失去了可以再度恢复，唯有爱情没有这样的机会。毕业后各奔东西，有人再度对王树琴提起我的名字时，她说在记忆里从没有过这个男同学。

许多年过去了，王树琴仍然带着幽怨。我的心里抹不去她那天真美丽的大眼睛，人生的婚缘天注定，对于她，我没有遗憾，只是因为自己伤害了一个纯真的少女，所以一直都有一种负罪感，这也是我忘不掉她的原因。

公社书记的儿子

爸爸当了公社的党委书记。当时的公社书记是地市级干部，虽然在中国九百六十万平方千米的土地上，公社书记这个职务也不过是芝麻粒大的官而已，但是各行各业都在接受贫下中农的再教育，公社书记的权威已远远高于如今的乡党委书记。

他管理一片拥有上万人口的土地。这里的五七战士是原东北局的干部，有曾任过国家财政部副部长、东北计委主任的老红军等，还在一大批市县级的五七战士，沈阳市一批又一批的知识青年到这里接受贫下中农的再教育。五七战士带着原来单位的矛盾到这里，打着维护无产阶级专政的旗号，常常向爸爸汇报他们中的某人某事，并且他们之间还经常开斗争会，爸爸即要帮助他们解决生活困难，又要处理他们的矛盾。

我们家也经常有来上访的知识青年，反映大小队的干部们对他们的各种行为，爸爸从不放纵那些欺负知识青年和五七战士的贫下中农。其中有的被党委撤职，有的移交公安部门。

爸爸年轻时在辽北就有一定的才气，20世纪50年代就在省共团系统有一定的名声。他工作忘我，忘家。青年时代因工作患过肝病，担任公社书记的时候，他的双腿浮肿，走不动路，总是拄着棍子下村，肝痛时他就抱住田野里的电线杆子，二十七年后的今天，还有许多人记得爸爸在田间抱电线杆子的情景。

那时我们家五口人，屋子小，我天天到公社食堂做饭的老金头的小土炕上住。天天晚上主动帮他挑水。那水缸粗得约两人才合抱过来，有半人高，要装很多的水。如果没有特殊情况，我就会挑水缸装满。

我十八岁时，十年制的学业毕业了，但是并没有因为爸爸是这个公社的书记而受到半点照顾。那个年代，人们总是观察领导是不是有资产阶级的特权，他的儿女是不是沾染了资产阶级的少爷小姐思想，政治和忌妒的心理格外加重了我在贫下中农中的考验。生产队把累活脏活一点不少地加在我的身上。可是他们很快就发现，我不但会农活，而且在许多方面还超过那些劳动能手。初时，人家贫下中农的子弟每天上班记十分，却给我记八分，还说是照顾我了。如果我认为不公平，可以去割草。生产队的社员认为割草是最难的活，平原地带，草少，又长得低，像割韭菜似的，一天要割一牛车才能供生产队的牛、驴、马吃，不仅需要体力和耐力，还需要使用镰刀的技术，谁也不愿干。我说我去割草吧，生产队的两个成年劳动力一天割一牛车的青草，我和我同时毕业的，来自沈阳市的五七战士的儿子宋国良去割草，他不会使镰刀，又怕砍了手，我让他坐在地头的树下，爱干什么就干什么，我一个人干。

赶牛车的老贫农是一个六十多岁的张姓老头，他坐在车上看我。起初他还想看我的笑话，以为公社书记的儿子一定是一个饭桶，没想到我挥刀如玩一般：我坐在地上，一手挥刀，一手将割倒的草搂在身边，两手同时干不同的活，草以我为轴心，成片地往下倒，像机械化作业，他看傻了。我十岁时就会割草，他们竟以为这是他们那种成年劳动力才能干的！他惊叹道：“这孩子从哪炼的呢？”别的成年劳动力一天两人割一牛车草，我们两人一天可以割两牛车草——实际是我一个人干的。

老张头向队长说："可了不得，这小子一个人割草，甩镰刀割起草来就像给人刮胡子一样，草齐刷刷地往下倒，别人一天割一车，这孩子一天割两车，不给十分不合理。"也难怪，他们不知我从小到大都在做农活，更不知道，爸爸在1972年曾创建了一处由劳改释放犯就业后为主体的铁岭地区种猪场，在那里，我虽然是一名中学生，为了赚买课外书的钱，每天早早起来，上学前要和这些就业人员干一阵子活才去十多里以外的学校上课，我和劳改就业人员在一起，接受过强化性的劳动。从此，十八岁的我，在生产队可以和成年劳动力一样同工同酬了。一分折几分钱人民币，一天能赚四角钱左右。

从毕业到十二月底参军，短短的几个月里，我几乎干遍了生产队里的各种弄活。在秋收的日子里和打头的社员齐头并进地割庄稼，七月日夜守护在青纱帐里，严寒的冬季里我顶风冒雪修梯田。公社和大队的领导想让我到公社当报道员、民办教师、大队民兵连长，爸爸不同意。就这样，社员们认可了我，在感情上也接纳了我。

但是他们对我有戒心，因为我的爸爸是公社书记，怕我打小报告，回家把他们的不法表现告诉给我的爸爸。其实我从不对爸爸妈妈讲外面的事，他们也从不问我外面的事。生产队的社员也渐渐地了解了我的性格，不再像从前那样对我敬而远之了。

冬季的一天半夜，生产队长在窗外把我喊出去。原来，学大寨修梯田，生产队的镐把折了，没钱买，要砍我们家屋后大树上的杈子做镐把。我们家住的是公社的旧房子，房后有几棵公社的榆树，他们想下手，怕爸爸抓住批评他们，让我跟着干。这样，爸爸一旦发现了，有我参与，他们认为可以少点后怕。这也是拉我下水的事，可这是为集体，我和他们一起干了。回到屋后我倒头就睡。几天后，爸爸发现了屋后的树被人砍了，问我怎么回事，我如实回答了，爸爸听说是生产队没钱买镐把，也没有说什么。

看青的日子里，生产队的副队长要买一只手电筒，没有钱，他对我说，想偷几斤大豆到开原城里卖了，买两只手电筒，并要送我一只。我说我不要。他用集体的大豆换回两只三节电池的手电筒，我真的没有要他为我买手电筒，也从来没有揭发这件事。

劳动中，我突出的表现，而且洁身自好，所以他们把我当成朋友，当成他们屯子中的一员，后来我离开那里了，1998年再去乡里办事，当年“四类分子”的儿子房国强听说了，他气喘吁吁地跑来看我。他是我同期毕业的还乡青年，当年，他的爸爸是“坏分子”，人家都欺负他，我从没有小瞧他，反倒常帮他干生产队队长给他加的活。他来了，送给我他亲手做的大豆腐，并热情地邀请我去他的家里，说是哪怕到屋里坐一分钟也好。他没有必要拍我这个二十五年前的公社书记的儿子的马屁。他的眼中含着泪，叫着我的乳名……

我常想，我这辈子不是大干部，如果是大干部，假如有从前那样的日子，我走过的地方都会成我的避难所。

我是父母放飞的风筝

1974年征兵开始了。

当兵需要基层推荐，生产队这一关过去了，接兵的苏排长却不想要我。苏排长是四川人，说话很直接，他说接的是坦克兵，是吃苦的兵种，担心干部的孩子娇气，到部队吃不了苦，又怕不好管理。我和生产队几个应征的青年去见他，我说："我不怕死、不怕苦、不怕累，到部队做饭、喂猪、淘厕所，干什么都行！你要是不要我，我就学小八路，跟你走，一直跟到部队。"

他乐了，听说我还会写诗，没毕业就在报上登稿，竟然说："不管体检结果怎么我都要你这个小子了。"体检时他跟着我，怕的是我那项不合格。

1974年的春节就要来了，我却不能在家过春节。我体检合格了，当上兵了。1974年的12月30日，我从公社兴高采烈把入伍通知书带回家，把它贴在家中挂相片的位置上。爸爸妈妈看着我的入伍通知书，为我从小就立志当兵的愿望实现了而高兴，可是他们更舍不得我离开他们，看着我的通知书，他们暗中落泪。我知道爸爸妈妈的心情，心中也舍不得这个我从小到大的家。这一走，不知何年何月才能再回父母身边，也许永远离开了父母，谁能知道战士的生死呢！

妈妈看着我从公社背回的行李和军装，叹着气说："唉，从小在家吃苦，长大了，家刚刚变好了，又要走了。从小到大，也没有从里到外穿过新衣服，这回还是新衣新被！去吧！从小就要当兵，到部队就是大人了，要听首长的话。父母不在身边，自己照顾好自己吧！"

平常家里很少买肉，这天妈妈和爸爸买来肉，给我做我爱吃的酸菜炖肉，爸爸闷头吃饭，妈妈一个劲儿往我的碗里夹肉。我低着头，不敢抬头，怕爸爸妈妈看见我眼中的泪水。平时和我常吵闹的两个弟弟也低头吃饭，他们知道我要远走了，心中也舍不得我。

1974年12月31日的深夜，我们这些穿上黄军装的乡下孩子，在昌图县的电影院看完了电影《闪闪的红星》，在静静的夜里登上南下的军列，没有我在小学三年级时欢送解放军新兵入伍的场面。

列车在星月下徐徐驶出了昌图站。我的心里万分激动，也有难舍难离的悲伤。也许我再见到这灯火、这生养我的故乡时，我已白发苍苍了，或许，我再也不会踏上这片土地了！

伏在窗口，看不见外面的灯火，因为窗口挂上了床帘。再见！生养我的，贫穷而可爱的故乡！再见，陌生的人和我的亲人！

故乡的人，除了我的亲人，有谁会记得今夜离乡远去的人，而我却不会忘记故乡的一草一木。我的心里浮现出许许多多的同学的面孔，耳畔回响妈妈和爸爸的叮嘱。留恋和激动交加的同时，胸中也涌起一种豪情。

我相信自己的选择不会错，我的今生不会虚度，我暗自抹了一把眼泪，我相信自己一定会成为英雄，英雄岂能儿女情长？青山处处埋忠骨，绿水条条溶忠魂。我的明天一定是令人羡慕的。那时，也许我牺牲在先烈战斗过的地方，坟头长满鲜花和芳草，千百双含泪的眼睛凝视着我的碑文；也许我已成为一名年轻的军官，走在故乡的土路上，为父母、为家乡贡献一份绿。

我又突然想到母亲含泪的眼睛，也许母亲还没有入睡，母亲的心啊，就在孩子们的身上。我的心情瞬间悲伤，但又马上自我批评：你是英雄的料啊，英雄要实现自己的理想，就是要冲破人性固有的束缚，没有自制力，志向就只能是梦想。

透过床帘，朦胧的灯火一闪而过，天上的星和地上的灯连成一片，很自然使我想象到浩瀚的大海。苏排长说，部队的营房就坐落在海边，大海像一轮月亮围绕着军营，潮涨潮落，潮涨时，浪花还来敲门呢！真是诗情画意。想象也会带来陶醉。我闭眼睛，似睡非睡地想象着大海。我没有见过大海，但我读过许多描绘大海的诗歌和散文，我爱大海，我向往大海.我们革命的队伍也是汹涌澎湃的大海啊!

1975年的端午节，早上妈妈煮好了鸡蛋，端上碗筷，爸爸妈妈和我的两个弟弟围着饭桌坐下来，发现桌上是五副碗筷，气氛一下子凝重了——全家五口人，我已经当兵走了，剩下四口人，妈妈还当她的大儿子在身边呢，多放了碗筷。妈妈到一边去落泪了。这天早上，爸爸和妈妈还有两个弟弟，谁也没有吃下饭。

爸爸妈妈为国家养育了一个保卫祖国的儿子，大门上挂着“光荣军属”的木匾，与其说，它在向人们展示着“光荣”，不如说它时时提示父母不要忘记悲伤。

我离开了家，把一切劳务扔给了多病的父母，扔给了年幼的弟弟，我在军营中度过的岁月，是父母操劳儿的日子，是为儿牵肠挂肚的日子。

我把青春献给了祖国，却亏欠了父母，这是我永远内疚的事情……